U0131226

INK INK INK INK INK INK
INK INK INK INK INK INK INK
INK INK INK INK INK INK
INK INK INK INK INK INK INK
INK INK INK INK INK INK
INK INK INK INK INK INK INK
INK INK INK INK INK INK
INK INK INK INK INK INK INK
INK INK INK INK INK INK
INK INK INK INK INK INK INK
INK INK INK INK INK INK
INK INK INK INK INK INK INK
INK INK INK INK INK INK
INK INK INK INK INK INK INK
INK INK INK INK INK INK
INK INK INK INK INK INK INK
INK INK INK INK INK INK
INK INK INK INK INK INK INK
INK INK INK INK INK INK
INK INK INK INK INK INK INK
INK INK INK INK INK INK
INK INK INK INK INK INK INK
INK INK INK INK INK INK
INK INK INK INK INK INK INK
INK INK INK INK INK INK
INK INK INK INK INK INK INK
INK INK INK INK INK INK

K INK INK INK INK INK INK IN
INK INK INK INK INK INK INK
K INK INK INK INK INK INK IN
INK INK INK INK INK INK INK
K INK INK INK INK INK INK IN
INK INK INK INK INK INK INK
K INK INK INK INK INK INK IN
INK INK INK INK INK INK INK
K INK INK INK INK INK INK IN
INK INK INK INK INK INK INK
K INK INK INK INK INK INK IN
INK INK INK INK INK INK INK
K INK INK INK INK INK INK IN
INK INK INK INK INK INK INK
K INK INK INK INK INK INK IN
INK INK INK INK INK INK INK
K INK INK INK INK INK INK IN
INK INK INK INK INK INK INK
K INK INK INK INK INK INK IN
INK INK INK INK INK INK INK
K INK INK INK INK INK INK IN
INK INK INK INK INK INK INK
K INK INK INK INK INK INK IN
INK INK INK INK INK INK INK
K INK INK INK INK INK INK IN
INK INK INK INK INK INK INK
K INK INK INK INK INK INK IN

NK INK INK INK INK INK INK IN
K INK INK INK INK INK INK INK
NK INK INK INK INK INK INK IN
K INK INK INK INK INK INK INK
NK INK INK INK INK INK INK IN
K INK INK INK INK INK INK INK
NK INK INK INK INK INK INK IN
K INK INK INK INK INK INK INK
NK INK INK INK INK INK INK IN
K INK INK INK INK INK INK INK
NK INK INK INK INK INK INK IN
K INK INK INK INK INK INK INK
NK INK INK INK INK INK INK IN
K INK INK INK INK INK INK INK
NK INK INK INK INK INK INK IN
K INK INK INK INK INK INK INK
NK INK INK INK INK INK INK IN
K INK INK INK INK INK INK INK
NK INK INK INK INK INK INK IN
K INK INK INK INK INK INK INK
NK INK INK INK INK INK INK IN
K INK INK INK INK INK INK INK
NK INK INK INK INK INK INK IN
K INK INK INK INK INK INK INK
NK INK INK INK INK INK INK IN
K INK INK INK INK INK INK INK
NK INK INK INK INK INK INK IN

台妈在上海
Shanghai

谭玉芝 著

序言

爲什麼去上海？一開始有太多像廣告詞般的理由充斥在我的腦子裡：蓬勃發展的上海，有著滄桑錦繡年華的瑰麗上海，黃浦江畔燈光飄搖水面的上海，繁華落盡又煥然一新的上海。

這個時候不去親眼見證這個國際大都會，如何由改革開放前的陰暗晦澀，到重新展開她新的一頁，再到充滿爆發力的艷光四射的魅力，更待何時呢？

相對於上海這個充滿魔力的字眼的另一邊，是塵沙密布的廣東小鎮，半個小時就可以逛完的商業中心，令人精神貧瘠；另一邊是想回去又回不去的台灣。在台灣和朋友講到想回來，就被親朋好友的苦口婆心口水快淹沒的勸說：

「現在台灣經濟那麼不景氣，失業人口幾十萬，大家都想去大陸，哪有像你們這樣想回來的，不要那麼傻了。」

我得到的心得是，好像不去上海是不行的了。

是以當我決定要到上海，九頭牛也拉不住我的。決心要到上海來時，和當初要從台灣到廣東的決心是一樣的，但是結果卻大相逕庭，到廣東是和先生在一起，到上海卻是和先生分開，自己一個人，帶著兩個正在就學的孩子在上海安家落户。

當時的我想，這可是公司的決策，既然企業有來上海的規畫，先生早晚會來，我應該不算隻身在上海，我只是先到上海，幫孩子們找個好一點的教育環境，而不是在廣東郊外的小學，每天上的不是語文就是算術的課，其餘一概不學的只爲應付初中考試。

另一方面，在企業體制下的生活，基本上生活範圍非常的小，住在宿舍裡，生活作息都有一定的時間表，生活必須配合公司的制度，看來並不難適應。在生活方面我的要求並不高，只要能吃能睡就好，也不太講究穿衣打扮或吃香喝辣，出入不需有車，我寧願坐大巴四處看看遊走，勝過有個司機載來載去卻搞不清楚自己住在哪裡。但是，令人覺得難受的是家眷之間的互相評比和「關心」，她們是我每天必須接觸到的人，如果時時要在意誰的吃穿好，誰的先生職位高，誰家的孩子比較棒，公司最近又有什麼動作……在這一切的背後，我只想到張愛玲說的：

「生命是一襲華美的袍，爬滿了蚤子。」

因此當我有機會能離開廣東到上海來時，我如何能不歡心雀躍的爲我的未來準備？當我爲第一本書作宣傳時，碰到一位廣播人，她自己有兩個孩子，她的一句話給了我很重要的想法：「你應該給孩子最好的。」難道不應該嗎？我的確是應該讓他們有個快樂的童年，學校生活占據他們大部分的時間，爲什麼我沒有爲他們找到一所均衡發展的學校，能夠多學些什麼，讓他們知道，正常的小學生活應該就是這樣的。

綜合了小孩學業、居住環境、交通便利性、大城市資源豐富等等理由，現在回想起來，最根本的理由是我自己。我想要脫離公司安排下的生活，我想要過過自己的日子，我想要接近張愛玲的上海，能夠實現我這個自由想法的城市，唯有上海。這個蓬勃發展的上海，有著滄桑錦繡年華的瑰麗上海，黃浦江畔燈光飄搖水面的上海，繁華落盡又煥然一新的上海。

但現實裡卻不是那麼的容易。當我來上海探勘時，我曾經和我先生談判過，就在書裡提到的普希金紀念碑旁的三角形公園：「我還記得夜裡的這裡是多麼的安靜，那個氣溫只有五度的冬夜，我爲了不能決定自己未來的去向感到沮喪非常，在看不到去向而懷疑如何繼續兩人世界的關係的時候，就是在這裡，冬天的、冷寂的、陰暗的、幽蔽的triangle，人生的三岔路上，因緣際會的走到如此地相似的地理位置，那時，上海的外灘我都沒來得及看……」這樣的心境下，我問他到底是家庭重要還是工作重要？（當然，到今天我還是偶爾會對工作狂的他問這種問題）他則是不解爲什麼我非要先到上海來不可，不能再等一等嗎？

我不知道，上海並不屬於我，來上海的時機對我來說尚未成熟，因爲我自己的轉移陣地想法並不在老闆的規畫時間表當中，遷移到上海在當時只是對策並非決策，我應當和我的家庭繼續待在廣東，等到時機妥當再全家遷移到上海。

我也沒想到在廣東和上海的處境是不一樣的，在廣東我的食衣住行幾乎都在公司的安排下進行，我沒有眞正在大陸解決過生活的瑣事，要追溯以往的話，應該說，我在台灣所有的生活瑣事幾乎都不在我操心的範圍內，一切都有人扛著。看看以前的生活，我是個日復一日行進在一條軌道上，對周圍的景物看得並不是很眞切的旅客。

常常是這樣的，我發覺自己總是很執意的去做某件事情，其實不知道爲了什麼要這樣硬著頭皮去幹，也不知道有多難，更別說別人會怎麼認爲了。

經過了夫妻間的冷熱戰，我終於站在上海，忽然發現，我像個單親媽媽在上海舉目無親的帶著一雙兒女，我必須重新認識新的人事物，更重要的是，我必須看清楚現實世界發生的事情，我眞的睜大雙眼獨立的過生活了，相對的，我也要獨立的去面對所有問題。

我是如此的遇到橫在我面前擋住去路的障礙就劇，遇到所有合理或不合理的事情就漫聲叫罵，直到教音樂的六十多歲的慈祥老師，看到我由滿臉橫肉到臉色稍微和悅的幾個月後，才敢好聲的告訴我「還是要與人爲善」時，我才釋然的想到，我的行爲是多麼的反社會。這變化，我自己並非無知無覺，但這是個必需的過程，所有好的壞的，因爲是我自己要的，唯有我自己承擔。

我就這樣在上海單打獨鬥亂衝亂撞，從直言不諱到胡言亂語到搞清楚上海人的拐彎抹角，從見山是山到見山不是山，簡直像禪宗所說的，最終見山又是山的境界一般。

爲什麼去上海？我好像比較知道了，不僅爲了要了解她的五彩絢麗，也爲了要知道自己有多少火花可燃。

說穿了，她的瑰麗燈火或錦繡年華以及日見蓬勃發展跟我有什麼相干？日日的碰撞摩擦接觸，我才知道，在這個有著最絢麗的光彩表面與最破舊的陰暗角落的城市裡，她像面鏡子，照出了我最強壯暴烈與最衰頹枯朽的面相。至於張愛玲的世界呢？在屢次我獨自漫遊在摩肩擦踵的巷弄裡和秋天掉落擺盪的枯黃梧桐路上，寂寂於城市的冥走幻想中亦彷彿觸手可即。

我時常翻閱著上海的地圖，在一邊尋找著各式各樣陌生的道路街名中，一邊尋找自己的腳步和踏過的版圖，不像在廣東閉塞得只能拿著地圖悠然神往，在上海的時候，一人獨自行走雖然顛仆窒礙，但畢竟是自己翻爬出來的路，回首望去，倒也不失冒險趣味。在這裡，我看見了我自己。彷彿一個小孩兒，不愛走尋常老路，喜歡任意在下個里弄拐彎裡翻撿尋覓年輕時曾經丟掉的自我。

我的孩子，在學校的生活裡，像朵含苞的花，在上海的季節輪替中，輕巧無生息的慢慢開放，雖然有所保留，但也能夠接受。

The more away from your own place, the more you know it.
The more you open up, the more you know yourself.

這是我一個荷蘭朋友所寫的詩，遠離家鄉和曾經居住過的巴塞隆納，現在她在上海郊區，每天活力無限精神充沛的過著她想過的生活。我回頭望望故鄉，低頭看看腳下的這片土地，彷彿正在印證這兩個句子。

我漸漸認同上海了，我和《移居上海》雜誌的常先生聊天，他連說帶罵一針見血挑出我自知卻不想承認的奇怪狀態，在他面前，我又分裂了，我心想，豪氣的他偶爾帶著「他媽的」字眼講出來的話，還眞他媽的對；另一個我在想，我不是跟著點頭的芸芸大眾，我得用自己的角度觀察上海正在演進中的一切。回去後，我跟自己對話，覺得很多事情，如果眞是對的，面對自己，還是對的，那麼該承認的還是得承認。

我找出蒐集好多期的《移居上海》雜誌，剛來上海時，就是靠著這本雜誌找到很多生活上的資訊，我翻到很多以前討論過的，但是並沒有隨時間推移而失效的話題，逐一瀏覽，很多事情，想了，做了，印成白紙黑字了，還要能給予別人眞正的幫助，或許這是承認自己移居上海後，應該做的事。

Ninon，容我稍微變動你的詩：

The more away from your own place, the more you know where you are.
The more you open up, the more you know who you are.

我想起派駐上海的台灣幹部所言：「請回台灣的人，講起上海時，不要只報喜不報憂，好的固然可以講，但不要將壞的也說成好的。」這句話，應該是誠實的面對自己和上海的最佳注解。

1 撞見篇

躑躅迷走

房東

一下飛機就先到租賃的居所去，這個房子是外子透過仲介租的，我也算是第一次看到這間房子，寓所一般大小，設備簡單，但是該有的家電家具都具備，還算是一個理想的居所。

進得門來就看見一個個頭不大且稍微有些肥胖的中年男子，看見我們一家大小拖著皮箱進門，挺和氣的掏出一張名片，是某保險公司的業務代表，江西人，來上海好多年了。

「所以，應該說我也算是半個上海人了。」他說。

房東看來一臉和氣生財的樣子，他顯然對自己的房子也很滿意，一邊說著：

「你們看這套粉紅色的沙發，配上這組綠色的窗帘，是不是紅花配綠葉的感覺？挺美的吧！」

他又一邊挪動著「輕巧」的步伐，一邊快樂的跑進主臥室，指著那張加大型的大床，滿意得不得了的宣布：

「這些家具都是我到光明家具公司買的，光明家具你們知道吧？在深圳有股票上市的公司。」

就在我們禮貌的點頭微笑之際，他又邁著華爾滋般的腳步滑到廚房間，兩手往上一托，產品發表會般的用手環繞藍色的廚具：

「你看這套廚具跟頭上的燈光相映襯，好像紫羅蘭的顏色是不？」

我們跟著他轉到不能再轉了，赫然發現小孩子的臥室裡有一張木板拼湊的床，那床上面印滿了卡通人物，可惜全都黑黑舊舊灰塵滿布，更重要的是那床寬不過九十公分，要一個七歲大的孩子睡在上面，眞是侷促得緊，睡得不好一個夜裡可能要掉下來好幾次，再加上上面沒有彈簧墊子，硬邦邦的床要怎麼睡覺？

可是房東不認爲這有什麼問題：

「這張床是我女兒以前用的，她都不會跌下來了，你的孩子肯定沒問題，這個『席夢思』的問題嘛，你們只要去買床棉被給他墊著就好了，我們上海的冬天，每家都要買棉被來墊床的。」

不愧是做保險的，一件事情被他說得頭頭是道且都有解決之道，他對這張可以用「陳舊」來形容的床，根本配不上他所謂的上市公司的家具卻是一點疑義都沒有。

雖然我們實在不滿意這張床，但是眼看天色已暗，一時也不能換一張新的，只好讓這張不能叫做床的床繼續留在屋裡了。

當天晚上床位顯然不夠，外子只好睡在地板上，睡到半夜卻是被硬地板弄得全身痠痛，輾轉反側之下越想越氣，什麼勞什子房東，拿了租金之後，居然提供這麼差的床，還有理由的講了一堆狗屁倒灶的話。

第二天早上隨即撥了電話明嘲暗諷了房東一頓，說是講的比唱的好聽，當初簽約的時候，屋子裡該有的東西都寫得清清楚楚的，怎麼兌現的時候卻只有這樣的級別，差太多了吧。

房東只好又上門了，他瞪了眼那張破床，抿了抿嘴角，很不情願的開口：

「當初嘛你們說要放一張書桌和一張床，這個房間本來就不大，放了書桌房間就顯得小了，所以我才拿了這張小床來，如果眞要說摔下來呢，其實這床也不高，就在這地板上放個軟墊，摔下來也不痛。」

「你知道在我們台灣，沒這種席夢思床墊睡的人叫什麼嗎？就是上海人說的ㄅㄧ

ㄙㄟ，普通話就是瘪三的意思，這樣你應該知道了吧！」

跟我一道過來的老媽故意以子之矛攻子之盾的說，這下子房東聽了不作聲了，最後才認了似的說，過幾天換張床過來。

原以爲此後皆大歡喜的你收你的房租，我住我的房便相安無事了，誰知糟糕的情況又出現了，這回是電話壞了。

於是我先打了112障礙台，請電信局的人員來檢修，檢修結果不是線路故障，而是電話機有問題，於是我通知房東來修理。

房東穿著他那件永遠不換的深藍色襯衫又出現了，他把這電話左翻右翻的試了又試，每個按鈕都按了一遍，挪動著他圓滾滾的身材，左思右想想不通，之後，他一把就將電話線拽下來，「換個電話機座看看。」他說。結果還是不行。他終於想到問題所在的說了：

「會不會是小孩子在家蹦蹦跳跳的把電話機摔壞了？」

我說這是不可能的事，孩子都是上學的年齡了，知道電話不可以隨便玩碰的。

房東聽了一臉值得懷疑的樣子，但是還是拒絕相信他新買的電話機會壞掉，我只好勸告他趁著保證期還沒過，拿著保證書去原來的店裡換個新的，才是解決之道啊。他想了好久，排除了孩子們的嫌疑後，才拿著壞掉的電話騎著他的摩托車噗噗的走了。

但是倒楣的還不只這些，沒幾天，家裡的馬桶開始漏水了。白天裡聲音吵雜，人聲沸騰的還沒有什麼感覺，但是到了晚上夜闌人靜之時，就聽到浴室裡噓噓的漏水聲，我迫不得已起床看看，把馬桶水箱的蓋子掀開來看了，才知道是軟塞子無法密合，以至於水箱裡的水一直從隙縫中漏掉。

我將軟塞的蓋子用力壓了壓，漏水的問題就解決了，只是這馬桶也不能每次沖完水就得勞師動衆的把蓋子搬起來修理，馬桶壞了，總歸是要修的。

於是，我又通知房東了。

房東把水箱蓋子拿起來，一顆大胖頭俯看著水箱裡水的高度，一邊使勁的扭著軟塞，「這是哪兒不對呢？」他一邊喃喃自語念著，一邊費盡力氣的查看著，在旁邊觀看的「阿姨」小吳說話了：「李先生，我看是那水箱裡的水都噴到外頭的地板上了，我每次擦地都是水哪！」不說話還好，一說話啓發了房東的靈感，上次電話壞了的記憶猶新，這次他照樣把肇事責任往我們身上推。他鼓著腮幫子對著小吳說：

「小姑娘，你上廁所會不會擰這個鈕啊，你得知道，這個鈕是用擰的，可不是用拉的，若不會擰，會把這個馬桶擰壞的。」

小吳是何等老練的江湖俠女，打從十九歲浪蕩上海黃浦灘十幾年至今，她說，什麼樣的人一經過她的火眼金睛就無從遁形，更何況是這種非土生土長的上海外地人，想要唬弄她是絕無可能，若是要把她當嫌疑犯對待，更是萬無此機會。

小吳馬上提了脖子叫了起來：

「李先生，你這種馬桶又不是最先進的，怎麼可能我不會擰呢？我看是裝馬桶的不會裝，給你裝得不好喔。」

房東的焦點還來不及轉移到裝馬桶的工人上，何況那也太遙遠，解決不了現在發生的問題，於是，他又馬上得出一個結論：

「上次我和你先生簽約的時候，他那時候用廁所，他就不是用擰的，他用拉的，我看是他使用不當，把馬桶弄壞了喲。」

我欲辯已忘言的看著房東圓胖的臉，眞覺得他是不是腦子有問題，還是「倒漿糊」來的，上海人對這種存心攪局的人稱之爲倒漿糊，其實不管他是哪一種情況，我都快要耐不住性子起來，不過就是一個零件無法密合的小事，爲什麼要扯那麼多，在台灣，這種芝麻瑣碎的問題，只要請一個水電師傅來修理一下就沒事了，到了房東的手裡，卻變得複雜了起來。

最後他借了黏貼膠帶，然後又趁妹妹不在的時後，偷用了她的橡皮擦堵住過度噴水的出水口，很滿意於他自己的手藝般的宣布，沒事了，一切回復正常運作。

走的時候還丟了一句話給我：

「譚小姐，有些簡單的問題只要多動動腦子就可以了，你看問題不就解決了嗎？」

可惜的是，他的腦子動了半天，再加上他肥胖的身軀擠在窄小的馬桶下又是觀察、又是栓緊水龍頭，搞得滿身大汗，研究了一個下午，就在他以爲今後自己又多了一項修理馬桶的專長之後的當天晚上，馬桶又宣告漏水，水箱的軟塞老毛病又犯了。

我立刻含著眼淚帶著微笑的打電話通知房東：

「李先生，我們家從你修好馬桶後都還來不及用馬桶，它又壞了，你這樣動了半天的腦，好像還是沒用喔！」

房東聽了電話半天吱不出聲音，只好再來。

這次他終於帶了個師傅來，他說這個師傅是他的老鄉。

我充滿了期待，等著師傅施展俐落的身手，把這個問題輕而易舉的解決掉，我站在廁所外面看了半天，卻只看到房東一個人在水箱上齜牙咧嘴、奮力的和軟塞格鬥著，這個師傅反而像房東的學徒一樣站在後面，一臉虛心的看著房東攪和，房東說：

「你看，這個是不是壓力不夠重，是不是要再放個什麼東西壓著？」

師傅不確定的點點頭，房東隨即叫他去正在施工的工地要了一個鐵絲，他把鐵絲綁在與軟塞接合的蓋子上，試了好幾次，看看能不能把兩者密合，水就不會從縫隙中流失，可是我已經被房東和馬桶搞得煩不勝煩了，我實在不知道這個師傅來旁邊站著當道具還是來發呆的，我不想讓這樣一個小問題，日復一日的糾纏不停。

我問師傅：「師傅，你看看這個縫隙沒法接合，是不是要換個零件什麼的。」那個師傅「ㄟ、ㄟ」的應了兩聲，然後又看著房東鑽上鑽下的不作聲。

只見房東從水箱上抬起頭來，一臉大功告成的說：

「沒問題了，在這上頭加了些重量，蓋子就可以密合了，好了沒事了。」

然後請我站到馬桶邊看他的手藝，以證明馬桶確實可以正常運作了。

「是這樣，我這個馬桶是全新的，你說叫一個不會拆卸零件的師傅來拆的話，到時候給我拆壞了，我的麻煩更大了。」

我聽房東講得頭頭是道，卻不知道他這樣吝嗇且不信任他人的做法，會給他帶來什麼樣的好處。

等他倆走了，小吳睜著她那雙火眼金睛很老到的走來我身邊：

「太太，你知道房東帶來的根本不是修馬桶的師傅，他是樓下做木工的師父，哪裡懂得修馬桶。」

「你怎麼知道？」我說。

「我擦窗戶的時候就可以從樓上看到他，他都在做木工的呀。」

我嘆了一口氣，心想這房東眞是吝嗇兼不老實又不信任別人，明明可以輕鬆解決的事，卻要自己花上好多時間賠在馬桶上，然後又一而再的壞掉，不去徹底解決。

果然，房東的好「手藝」不到兩天又完蛋了，我看著淅瀝漏水聲不斷的美麗的、全新的馬桶，想到這裡面卻是房東自己搞得歪七扭八的零件，不禁想起小吳說的一句話：

「東西看起來好，可是都是僞劣產品。」

僞劣產品者，皆是次於產品出貨標準的產品，這個房東，他在我們的想法裡，也成了上海裡的一個僞劣產品。

百年來船隻川流不息的黃浦江

阿姨

還沒來到上海，就聽說「阿姨」這個行業的存在，所謂阿姨就是保母的意思，舉凡家中清潔衛生、燒飯洗衣、買菜帶孩子等等家務事，都由阿姨一手包辦，所有在台灣原本辛辛苦苦爲做家事變成黃臉婆的媽媽們，來到上海莫不爲這上海的阿姨文化同聲歡呼，只要想到從此家中瑣事皆可往腦後一拋，坐在沙發上，翹著纖纖紅蔻丹指甲捧著咖啡，只要動動口，自然會有辛勤聽話的阿姨照樣做好，那不是少奶奶般的生活嗎？

來到上海，我就迫不及待的請教移居上海三年有餘的朋友，阿姨要如何找？價錢怎麼開？

阿姨多是靠親朋好友介紹，以防以後如果出了事，還可以「冤有頭債有主」的循線追回，也有的是從網站上找到家政服務公司的電話，告知住家的區域以及需要的工作時數，再報上薪資，家政仲介就會讓「少奶奶」與保母面談決定。

朋友告訴我，剛開始價格不必太高，六百塊人民幣足矣，再視日後的表現決定調薪的幅度，六百塊錢的工作時數從早上煮早餐開始，送小孩上學，買菜，洗衣，打掃衛生，接孩子放學，煮飯，洗碗。這樣一天下來也要十個小時以上，阿姨果眞是廉價勞工啊。

「但是，」朋友語意深長的告訴我——

「阿姨的人品是很重要的。」

千錯萬錯就是不能讓她犯上「人品」的錯，聽在我這個剛到上海的資淺太太耳中，還眞有些玄妙。

友人伸出她的纖纖玉手，一臉曾經滄海難爲水的告訴我幾個難忘的小故事。

首先，她不能手腳不乾淨。

一般從台灣過來的太太們都不是從小在「林家花園」長大的千金小姐，家中不曾請過傭人，所以很自然的，零頭鈔票隨意擺，又由於台灣的物資豐饒，大部分的家庭主婦不會在意那一些零頭，然而天網恢恢疏而不漏，有時就會有那麼一絲靈光閃動過太太們的腦際，或是一種不尋常的感覺會突然無緣由的升起，也許就是那麼的巧合。

一個太太在阿姨外出的時候走到阿姨專有的抽屜前，拉開，看到幾十塊散置的零錢，原來在大賣場買回來的一打裝的襪子，居然有兩雙赫然在目，以及幾小把今天晚上準備吃的青菜、幾朵香菇。突然之間，平時打理家中清掃吃穿、倚賴信任的阿姨，居然成了俗諺的「養老鼠咬布袋」的情景，怎不叫人又驚又怒？

一般的太太多半把阿姨叫來訓斥一番，然後算好工錢立刻請她走人，但是我們這位英勇的太太立刻打110把公安找來，再到阿姨的家中抄家，發現了更多家裡頭帶出來的零碎東西，然後把這個在上海還沒辦好暫住證的外地阿姨當日遣送回老家，並在上海留下案底，給這個阿姨一個教訓。

太太們應該常出去走動走動，探查一下蔬菜肉類的市價，才不會被阿姨在菜價中動手腳。在大陸買魚買蝦要小心灌水或偷斤兩的問題，並且要和菜販殺價，一個剛來的太太叫阿姨準備三菜一湯的晚餐有魚有蝦，據她所言，蝦不過十幾隻，那黃魚也中等大小，花了她八十塊人民幣，聽者莫不爲之感到驚訝，須知大陸物價不高，一餐吃到這個價錢倒是不常見。

於是她自己去買，一斤蝦賣價二十八塊，她殺到一斤二十二塊，回去告知阿姨：「我台灣人去買就可以殺到這麼低，爲什麼你這個本地人殺不了。」

阿姨不慌不忙的說：

「那這樣好了，太太，以後大樣的給你買，小樣的我來買。」

一旁的先生聽不下去，當場告訴她：

「那我花錢請你來幹麼？工作還由你分配哩。」

友人看我聽得一臉青白，一副這場仗挺難打的表情，二話不說的再伸出一根玉指。

第二，她不能擅自使用主人的東西。

太太正在忙著餵哺懷中的幼兒，匆匆的經過正在浴室打掃的阿姨，驚鴻一瞥時，卻見此名阿姨正拿著先生的髮油往自己的頭上抹著，一面對鏡整理得好不高興，太太怒從心中起，隱忍著盡量不發作，但是自此開始心有芥蒂，對於阿姨的擅自使用開始注意了起來。

一日從屋外返家，卻隱約聞到一股香氣，那香氣經過太太有些過敏的鼻子傳達到大腦，分辨出是自己使用的Lancome Mircile香水，問及阿姨，阿姨總有話可回的告訴她：

「因爲家裡的氣味不夠好聞，所以灑了點香水驅驅味。」

爲此，友人告訴她一句話：

「我覺得我們兩個不適合，你就做到今天吧！」

「這還不算嚴重的，再告訴你一個小故事。」友人繼續說。

某位太太全家要到外地旅遊，鑰匙交給阿姨，讓她在假期內自行前來開門打掃。

由於假期安排得不恰當，全家早了一天回來，開了門逕行到屋內，只聽到吸塵器轟轟作響的聲音，她還正在想阿姨挺負責任的，雖然人不在，但還是有照本分做事，沒有偷懶。

循聲進入主臥室一看，但見那名前晚不睡覺不知道去哪裡操勞過度的阿姨，一個人倒在大床瞇眼睡著，一隻手還抓著吸塵器的長桿子在地上吸來吸去。

第三，不能擅自帶外人來屋裡。

也是發生在太太出門度假的假期裡，全家筋疲力竭的推門進屋，一切看起來井井有條都不錯，但是平日就心思縝密而且親身收拾玩具的太太，看到小孩從不同的櫃子裡拿出不同的玩具時，心中便有了疑問，她發現所有的玩具都沒有照她平日收拾的習慣歸類放好，問阿姨：

「假日裡有誰來過嗎？」

阿姨也總是有理由的告訴她：

「因爲一個人在家會怕，所以帶了兒子來屋裡作伴。」

太太聽了覺得莫名其妙，平日太太帶孩子上街出門一整天，只留阿姨一人時，就不怕，這會兒就會怕了。

基於無法互信互賴的心態，她還是把阿姨給換掉了。

友人一臉無奈的說：

「有些阿姨趁你不在的時後，把家裡人帶來泡浴缸，開空調睡大床，把你家當作度假村來用，所以說起阿姨的素質眞的是參差不齊，要找到一個可以信賴的阿姨，實在要靠幾分機運。」

至於友人現在的這個阿姨呢？她終於露出撥雲見日的笑容，這個阿姨是外地人，但是先生是上海人，算得上是安家落戶在這裡，至少發生了事情還有線索可找，否則一些外地人是很容易把家裡的東西拿了一走了之，要再找人就如大海撈針了。

「她做第三個月我就給她加了兩百塊。」

如同友人所言，好的，能跟自己配合的阿姨要靠機運，既然找到好的阿姨，那麼多給些錢也是留住阿姨的好辦法。

也有些在江湖中打滾已久的阿姨，看盡形形色色的東家後會找機會跟東家要求些項目，友人的阿姨就跟她要求在六百塊的基本價格上再多加兩百塊，友人不爲所動，畢竟工作還不到一定的程度，她覺得沒有理由加薪。

然而這位阿姨眼看太太無知無覺的樣子，竟然將目標鎖定先生上頭，開口跟先生要求加薪，先生一天到晚在外工作，哪裡會知道家裡的工資多寡或是工作內容呢？一口就答應了她，友人事後才知道這個年輕阿姨這麼厲害，居然敢跳過她去找先生談，自然是氣憤非常，她先生反而不能理解的說：

「才兩百塊而已嘛！出去吃一頓飯不也就沒了。」

友人認爲錢是小事，若是阿姨沒把她放在眼裡，家裡可不就沒了規矩？

自此以後，先生回到家，阿姨必定站在門口畢恭畢敬的彎腰鞠躬：「先生好。」看到太太提著大包小包從外頭回來，瞄了一眼，東西也不幫忙提的自顧自走開。忍無可忍之下，這位搞不清楚「日出東方，唯太太不敗」的阿姨也只好回家吃自己了。

其實阿姨的任用沒有一定的標準，人有分好壞，但是有一個如此貼近家庭生活的外人，也只有多費點心思去觀察，以避免生活中不必要的困擾。

綜合以上所述，上海人對阿姨的要求其實高過台灣人，但是上海人也不諱言，阿姨帶來的問題不只是以上的小毛病，更有甚者，把主人家裡的細軟一掃而空的也有，一般而言，若是她的優點多過小毛病，也就算可以的了。

除了精敏細心的體察生活小節之外，家中的財務也要注意保管好，如果能知道阿姨的住處或是在上海的親友電話，更能具體的保障自己的家庭安全。良莠不齊的阿姨考驗著台媽們的判斷能力以及帶人能力，這些都是除開機運之外，自己可以掌控管理的。

妙管家

我望著硬體俱全的全裝修帶家具租屋裡，有的只是幾口行李箱，枕頭被子都還沒有進場，第一件事就要將這些基本配備買齊。連著幾天四處採購，東西一一就位，可是一天三餐卻是頓頓得吃不能少，天天都到附近台灣人開的小吃店裡吃飯，吃到連裡面的服務生都認得我們了，這樣下去也不是辦法，於是我將先前在網路上找的家政中心電話撥通，告訴他們我要找阿姨，以及工作的時間內容和待遇，沒多久，門鈴就響了。

開門處，一個個頭矮小的短髮女子喳喳呼呼的進來了。家裡一干人等還沒開口，就聽她一人爆聲嚷嚷：

「你看外頭太陽這麼大，熱死人了，我說要來，我們公司裡的經理說我皮膚曬得這麼黑，講話的聲音又難聽，眼睛又這麼小，人家台灣人的要求高，都要有素質的阿姨，肯定不會用我的，我的皮膚是因爲我在鄉下幫我爸爸種棉花曬的，本來不是這麼黑的，過一陣子就變白了嘛，嗓子不好眼睛小也是打小就這樣的，我想這應該沒影響的呀。」

我們面面相覷的沒有言語，來上海沒幾天，我不知道像這樣的人算正常還是不正常，應試者未等面試者發言就先叨絮了一堆，也算少見吧。

她拿出身分證的正本和影印本給我對照，又拿出家政中心的介紹信給我看。她是安徽人，結婚了，有個三歲的兒子，姓吳，要我們就叫她小吳吧。在上海的安徽人何其多，一是因爲地利之便，距離上海不遠，自然人就多，二是因爲窮，在家鄉賺不了太多錢，來上海討生活，錢賺得多些。

我和她講好工作時間和內容，她都能接受，我又看看外子有沒有什麼意見，他其實對這裡的環境也不是太熟，只說了句：「先用用看再說囉。」加上一家大小需要一個在地的幫手打點內外，就這樣，我叫她第二天就來上班。

第二天一早，她帶著我到市場去買菜，我連附近的東南西北都還沒搞清楚，就被她領著到處去打聽這附近哪裡有菜市場，她操著來上海十幾年學得的上海話，問水果攤：「儂曉不曉得啥地方有市場？」水果攤老闆事不關己的隨手一揮，表示不知道，小吳又小快步的問一個中年女人，那女人不大想理她的將身子躲了一下，告訴她在前頭。小吳雖然只有一百五十公分左右的身高，短小精悍的身軀卻好似有拿破崙般的精力，她快步走著，把我這個平日少做運動的懶女人追得氣喘如牛。

她對我這樣軟弱無能的樣子也不放在心上，並且也沒時間關照我，把菜場先找到成了她首要任務。走到報攤上，她又操著粗嘎的聲音問人家，賣報的一臉不想搭理的模樣，我開始質疑上海人的冷漠無情時，卻又隱約體會到，其實他們不喜歡眼前這個其貌不揚的，聲音難聽的，雖然講著上海話卻看得出是鄉下人的小吳……也應該說是看不起吧。

好不容易找到了市場，她應我的要求去買蝦，蝦販撈起了蝦子，裝進塑膠袋裡秤，小吳一隻鷹爪突然從我眼前竄出，彎向蝦販手上的黑色塑膠袋，一把將塑膠袋搶過來，在我還搞不清楚她要幹麼的時候，伸入塑膠袋的底部且用那隻鷹爪戳出一個洞，將整只袋子用力瀝了兩下，嘴裡念著：「不要把水也吃進斤兩裡呦。」

那蝦販嘿嘿笑了兩聲，問道：「你是那裡畢業的呀，這樣厲害。」

小吳得意的笑笑，那蝦販又加了一句：「水產專科畢業的是吧。」

小吳眉眼飛揚的一邊扭著屁股一邊踏著小快步走開了人。

小吳之強悍由此可見一斑。

事後想想，她的強悍除了本身個性使然之外，還有絕大的部分來自於從鄉下帶來的質樸率眞，在進入大都會之後，碰到各種不合理的輕視和陌生，爲了生存從而發展出一種強風之下也不欠身的姿態，此外，由於職業使然，令她不得不發揮察言觀色的本領，去體察不同的「東家」所需要的生活態度。然而這與強悍的本質其實是有衝突的，她曾經說過，一個上海太太用了她三天之後跟她說不適合，理由是，她覺得小吳很可怕，其強悍度好像會將她置於不測之地，那太太還說：「好像你才是太太似的。」說到這小吳告訴我：「有什麼好怕的，我又不會打人，她叫我做什麼我就做，我怎麼會像太太。」講的時候昂著頭手插著腰，我點頭稱是，不予置評。

剛開始的時候我也感受到這樣的情況，在我們逛完市場提著大包小包的東西進入超市買東西，最後離開超市準備取出寄存的物品時，她很有個性的拿出寄物牌要我先去取物。她這個在我來說不以爲意的動作，竟然引起了結帳小姐的另眼凝視，那小姐突然而來的眼神，讓我發現這樣的主僕關係在上海是顚倒錯置的，我也才發現，有些事不能太隨便。

小吳的過度要強常常令我們覺得很不合時宜，且令人尷尬。有次我們到量販店買小冰箱，那裡的銷售阿姨不敬業又狗眼看人低，態度懶散且不知道你會不會買，對人愛理不理，小吳這時以老資格的態度替我們出頭，要阿姨過來講解，你就看到上海阿姨懶得理她，卻又因爲她的大聲叫囂而不得不理她的壓抑著情緒，我則是不吭聲站在旁邊等著看阿姨的表現，阿姨耐著性子換了一副表情與我們說話，並且把外箱打開，讓我們檢查內部。

等到我們決定買下來，小吳又很強迫性的要阿姨把小冰箱包裝回瓦楞紙箱裡，並且還要求她把拆下來的打包繩原封不動的套回箱子上，阿姨手裡一邊吃力的套著，嘴裡一邊嘟囔的說：「這個沒辦法套上去的，要用機器套回去。」我也覺得小吳的要求太過火，有點蠻橫，可是小吳完全不管三七二十一的牛起來幫她套，小吳說：「可以的，妳得把它套好。」又說：「我這不是套好了嗎，你把那一邊也套起來。」

阿姨這會兒可真遇到蠻牛了，無計可施之下也只好蹲下身子，只看她聳著兩隻肩頭，紮好的頭髮抖的掉了兩絲在額頭，氣喘吁吁的又抬又搬的把繩子套好了。看她倆這樣你來我往的，我都忍不住要累了起來，正想喊停下不要弄算了，小吳瞇眼悄聲在我旁邊說：

「你不知道這些上海女人多怕做事情，嬌啊。我就要她做好才行。」

小吳小小的眼眶裡的兩隻眼珠子斜斜的飛過去看著蹲在地上的女人，眼神裡充滿了對上海人的報復的快感，我才感覺到，小吳對上海的感情是有些詭譎的。

她深知上海人排斥出身低的外地人，她對上海女人尤其有一種成見，因爲長期和當家的女主人相處，她覺得當家的女人難伺候，總要監視著她的一舉一動，她的口頭禪是：「你不知道上海女人有多可怕！」可怕之處在於她們的工於心計，嬌嗲與驕氣並存於現實世故之際，以及其腦筋轉得快和巧於言語。

一次，樓下的保安不讓她的腳踏車停進地下室，要停可以，必須找東家下來以茲證明，精敏的小吳並沒有回來找我下去談的意思，她只跟我講了一下，就自作主張的跑到窗戶旁叫隔壁的老陳，那老陳被她一叫，兩下子就同意陪她下去和保安打招呼，回來後她自己就說：「保安只聽上海人的，像太太你們這樣的外地人，要叫他們是叫不動的。」過了兩天又自言自語的說：「我坐電梯上來的時候碰到老陳的太太，她的眼皮垂下來，並且用她的眼睛斜斜的把我從頭到腳這樣看了一下，這老太眞是可怕。」

到後來，小吳的本性便開始顯露了出來，其精於算計之本領並不在上海人之下，因爲她必須應付這十幾年來碰到不計其數的上海東家，在東家的規矩下工作，做的又是最貼近東家的私密空間的工作，她對太太們的一舉一動、進出時間都掌握得確切，可惜的是，她就是無法做到將她的嘴巴和腦袋控制自如。

有時候她會溜出一句：「太太，你這雙涼鞋好軟喔。」

或是：「早知道電飯鍋會有鍋巴，就應該在搬家的時候把死房東的微波爐飯盒順便拿來。」

或是：「太太，家裡的電話撥打出去……從電腦上看得出來吧。」

以及：「上次買的洗髮精好像比較好喲。」

以上種種訊息常在她偶爾秀逗並且喜於議論的時刻，總會不經腦袋的從她嘴裡流洩出來，我揣摩她的言行一陣子以後，就知道我們不在家時，鞋子、洗髮精她都試用過，電話，想打不敢打，怕電腦和電信局連線，被查到就不好了。

討教過上海人，他們都是請鐘點工整理家務，他們說：

「你又不可能一天到晚在家看著她，很多家裡的東西都是趁主人不在的時候不見的，有些阿姨把你櫃子裡的衣服一件一件的拿出來穿的呀，鐘點工又比較便宜，又沒有一個人在家裡看你做什麼，不是比較好嗎？」

所言甚是，於是我將她的工作時段減少，但是由於她在騎腳踏車接送弟弟的工作上非常的盡責，再加上她在家裡工作久了，也有了一些感情，我並沒有減少她的薪水，相反的，我還加了她的薪水，如同外子所言：

「你再換幾個阿姨，我看多少都會有些毛病。」

小吳雖然常常講話不經大腦，但是有時對於陌生危險的環境確有敏銳的直覺，有時候，我在外面闖出了一些未經預料的意外事情，把自己搞得心煩氣躁，再加上陌生的環境裡總會生出一些莫名的危機感時，小吳總會很義氣的要我有事打電話給她，她的手機會一直開著，若有意外，她會叫她老公出馬，勸我不用擔心。她的講義氣和率直，在上海的都市生活裡，或許被當地人覺得粗率與土直，但對於我這個異鄉人而言，重感情講義氣就是她最大的優點。

我的朋友後來聽了我說她的種種事蹟，常常拍手叫絕，我有時也覺得好笑，講到最後，大家夥還笑言：「這管家還眞是智仁勇兼備呀！」

小吳的諸多小毛病在我的「勤教嚴管」之下有了改進，只是有時候她的孩子氣仍然會不小心出現。在我們看電視裡的上海劇集學聽上海話時，正在拖地的她會情不自禁的慢慢將拖把拖向沙發旁，然後兩手拄著拖把癡看起電視來，看到好笑的地方，一邊開懷暢笑一邊敞著她的大喉嚨忘情地對著我講：

「你看那個黃魚頭好笑不啦！」一邊又隨著劇情笑得像母雞一樣咯咯咯。

我也學著她的家鄉話後面加上一句上海話：「不要太好笑呦。」

對於她的不懂事之處，我只能告訴自己，軟硬兼施才是對待她的最好方法。

小吳除了碎嘴饒舌之外，其實她也有一股傻勁，我有時候板起臉來告誡她的時候，她臉上的表情又像小孩子一樣的認眞。她最大的缺點也正是她的優點，就看我這個太太有沒有做好管理的責任，將缺點糾正成發揮在該發揮的地方，我常告訴她和告訴自己的一句話就是：

「天底下沒有一百分的太太，也沒有一百分的阿姨，可是如果她們兩個能夠將自己最好的五十分拿出來，就是最好的一百分。」

小吳高興的點頭稱是，顯然我們都達到共識。互相磨合，選擇一個彼此能適應的太太和阿姨，讓我們共勉之吧。

新舊交陳的上海

住進新屋沒多久，才發現我們四周的房子都在裝潢，區內的物業管理雖然三令五申的告誡各戶的裝潢工人，早上八點到晚上六點才可以施工，以免吵到其他的住家，可是，工人們莫不希望能夠早日裝潢好以多接別的case，所以一大早樓上的機器鑽頭鑽得震耳欲聾，也是常有的事。

這天，我終於被連續幾天早上七點半開始的鑽牆聲吵得受不了了，看看隔壁的老陳在屋裡無聊得又是看電視、栽花、做健身操，我忍不住請他和我下樓去找管理員幫忙溝通一下，是否能夠體恤我們這些被噪音折磨的住戶。

老陳正找不到事做，熱心的幫我找到保安組長，上海話一講開，再加上本人一臉無辜的苦主樣。

「沒事的，我只要上去把他們的電拔掉，誰也別想違規。」保安組的組長昂首挺胸，像隻驕傲的大公雞般的厲聲說道。

我們感動的回到電梯裡，沉默中我發現一個矮胖而眼神銳利的女人盯著我看，接著和老陳用上海話嘰哩呱啦的說了一串，我只聽得懂老陳說我是台灣來的，最後老陳把結論告訴我：「她說你要去居委會登記一下。」

居委會？大陸的名詞眞是多，人家問：「你是住哪個小區的？」就是指你住的住宅名稱；家裡的電燈壞了，就找物業管理，就是專門管理小區裡的行政事務者。我問老陳：「要去登記是嗎？」

老陳點點頭，連說：「要的，要的。」

好吧，去就去吧，畢竟這是中國，有些規定還是要遵守的，再說，我在家也無聊得發慌，去看看他們當地的行政體系也好。

有必要嗎？沒必要嗎？總之，就像張愛玲所言，我就這麼一步一步的走向未來讓我煩惱的兩個月，那個無光的所在。

路上，問了雜貨店的老闆，隨手一指就把我引進了巷弄裡，巷弄裡原來又是一個小區，區裡的房子雖然舊了一些，但是植栽的樹木卻比我們的住區要多得多。我不知是吃了什麼迷魂藥，看到這麼陌生的地方，卻還是執意要往前走，也或許是和個性裡的好奇因子有關，土耳其旅行時，往往跑到陌生的人家門口探頭張望，碰到熱情的人家，甚至還停下來喝茶，同伴都不好意思，只有我老坐在那裡渾然不覺且怡然的笑著。

這會兒老毛病又犯了，看園子裡的老太太在帶孫子，一時性起，又忍不住的看她跟小孫子講上海話，看得腿痠了還蹲在地上學說起上海話來了，那老太看我問到了「居委會」的所在卻還不去找，不免多問了起來：

「你去居委會做什麼？」

我說我租房，聽說要登記，雖然我從來不知道台灣人來上海住要登記，不過，既然政府有規定我們還是照辦的好。

聽到「租房」兩個字，老太也不管我租到了沒有，眼睛立刻亮了起來，原來她也有房子要出租，就開始叨念了起來：兒子當年讀警察專科，自己又掙了些錢，那時候有機會到財務部門，結果嫌薪水少不願意調過去，誰知道那才是肥缺哩！現在有套一室一廳的房也想出租，如果有人要……我就這麼認眞的聽她講著，又神思飄忽的任著她帶我到居委會的門口了。

到了門口，卻讓原來一身憨膽的我有點膽怯起來了，是因爲那老太突然就不帶我進去了，就只是站在門口客氣的笑著；是因爲那裡面坐的一群人，讓我覺得他們跟外面市井的氣氛有些不同；是因爲那個像政府衙門的嚴肅刻板，讓我覺得，我來到一個非正式的、卻有著濃厚偵防氣息的地方，小時候《寒流》裡的共產黨印象在我的腦海裡浮現，只差了有顆紅星的帽子和制服。

他們叫我先在簿子上登記，口氣其實跟《寒流》裡的差不多，我客氣的、有點害怕的拿起筆來，心裡猶豫得很，幹麼我不先問別人就擅自跑來，我這樣登記會不會留下什麼不好的資料讓人調查，可是，十幾隻眼睛瞪著我拿筆的手，想看我寫些什麼，我箭在弦上不得不發的寫了姓名、地址，以及一個記得顚三倒四的電話。一個男人說：

「行了，等我們委員回來會去你那裡看看。」

看什麼？我心裡一肚子的疑問，卻又不敢亂問，生怕一講錯禍從口出就完了。老太仍在門外客氣的笑著，要我記得租房子找她，記得不？就在第二棟房子的三樓啊！

幾天後，胖房東因爲馬桶漏水的問題又出現在家裡，就在他修得熱呼的時候，他手邊的研究工作有意識的慢了下來，他的眼睛盯著馬桶，裝著漫不經心的樣子問我：

「你前幾天到居委會去了嗎？」

「是啊。」我說。不知怎麼的，就是有一種不祥的感覺從我心中升起。

「那天公安打電話給我，我還覺得奇怪。」他話還沒講完，我就搶先問：

「公安打給你幹麼？」

胖房東嘆了口氣，一臉無奈的看著我說：

「他說我買這房子是要辦藍印戶口的，辦藍印戶口的房子三年內不能出租，只能自己住，這下子給他查到了，如果我要租你們房子，我這藍印戶口就要取消了。」

後來我知道，我去居委會登記完全合理合法，沒有資格取得上海長期居留的境外人士，在二十四小時之內，要到當地的居民委員會辦理入住登記，將來三個月到期要繼續居留的人，就要持居委會的證明到派出所開證明單，才能到出入境管理局辦理加簽。

倒是房東自己誤觸法律，房子不能出租。

「藍印戶口是做什麼用的，我們境外人士可不可以辦啊？」我說。

胖房東看我當眞什麼都不知道的樣子，就說：

「外地人想要當上海人，最快的方法就是在上海買一套房子，取得暫時的上海戶口，就是藍印戶口，倒也不是當上海人有什麼別的福利，不就是爲了小孩子以後的教育問題，上海的教育水平比較高，孩子有了戶口，就可以進當地的重點小學。」

「可是，就算你有戶口，這裡的重點小學也不是說想進就進得了的。」由於有了找學校的慘痛經驗，我提出這個感想。

「那當然還要找關係、走後門，但是如果連戶籍都沒有，那當然更難啦。」房東對我這個搞不清楚狀況的外地人，實在有點受不了。

原來藍印戶口有這樣神奇的妙用，但卸下了外地人的身分，就眞的能當個眞正的上海人了嗎？在二〇〇二年五月份以後，藍印戶口就要成爲歷史名詞了，趁這個時候，身邊有錢的外地人用買房的名義取得這個過渡時期的戶口，三年後，就成了正式的上海人，到時候，就學、就業就如同一般的上海人一樣，考試分數不用像從外地考進上海的學校需要高分，就業時人家也不會把你當外地人一樣的防著，並且可以享用上海市的福利。而當上海人問起「你是哪裡人？」的時候，就可以大大方方的說：「我是上海人。」

誰能說誰是眞正的上海人？十九世紀的時候上海才有外來人口移入、發展，也不過是你的祖父母早一些進入上海灘罷了，問起來，不都是外地進駐的嗎？

然而藍印戶口是當上海人的最後一個絕招，得到了似乎整個人生都可以改變了。只是，又有所謂眞正的上海人說，外地人靠買房辦藍印戶口，拿到了上海人的身分，扒下了身上的那層皮，骨子裡不還是外地人嗎？

沒幾天，我們這層一向平靜的電梯口居然傳來了謾罵聲，男人操著上海話，語氣激動的對著手機急吼吼的講個不停，過會兒，那男人走進了隔壁正在裝修的房子裡，對著木工師傅講了些什麼，然後就聽到那男人用拳頭捶打我家的房門。我在上海無親無故，怎麼想也知道不會跟我有關係，就算有關係，聽這來勢洶洶不懷好意的陣仗，我也不會理會，只是這突來的事件，還是讓人覺得惶惶不安。

我把小吳叫到門口，要她聽那個男人講些什麼。

誰知這個小吳雞婆的把門打開，問這男人有什麼事，這下子可好，那男人囂張的進到屋裡大聲的說：

「你們房東還欠我裝潢費，錢沒給，就把大門鎖換掉了，還把房子租出去開始收租。我今天來是告訴你，如果你們房東還不還錢，我今天晚上就叫民工來你家打地鋪。」

莫名其妙的一個男人跑到我家裡，怎麼趕也趕不走的來釘住我了。冤有頭債有主，叫他去找房東談，他說房東都不接他電話，要他去辦公室找他，他又說他不知道辦公室在哪裡，反正他就是不走，並且還請我去打110找公安來解決，不知道怎麼打也可以找他諮詢，他一點也不怕。

對一個老公因工作需要長時間不在家，形同單親家庭的我來說，在上海孤獨無依，又來不到一個月，碰到這種事真是不知道怎麼辦才好？通常我都是碰上了就先蠻幹一番，不然，總不能坐以待斃吧。跟他吵了一頓之後，覺得自己很無聊，又不是我欠他錢，只是吵架雖不能解決問題，卻好像是給自己壯壯膽。我問他：

「他幹麼欠你錢不還？」

「他說馬桶沒裝好。欠我尾款五千塊不給我。」他說。

一個輕而易舉可以解決的問題居然扯這麼大，難怪這男人生氣，這個房東不但奇怪，而且無賴。

我懶得跟他再說，我拿起家裡的對講機，準備找樓下的保安來趕他出去，這時，隔壁的老陳出來打圓場了：

「小王，看我的面子，回去吧，人家是台灣人，跟這件事一點關係都沒有的，有事再找他們房東講吧，走吧。」

知情的上海人出面一講，這個男人居然聽了，走了。

我開始懷疑這個男人的出現代表什麼意思，難道是房東為了他的藍印戶口要我們搬家找來的打手嗎？看我們在上海沒有靠山，找人來攪和，讓我們自己打退堂鼓，然後他就可以說「不是我要你們搬家，是你們自己要搬，所以我沒有違背租賃契約喔」，然後他就可以不用賠償我們違約損失嗎？

連修馬桶的小事都可以死纏爛打的拖這麼久，而我們租屋的時間並不長，就發生裝潢費不還以及藍印戶口的事情，令我不得不對這個房東懷疑了起來。

我打電話給房東，除了問清楚事情的眞實性外，我還唯恐天下不亂的告訴他：

「今天這個男的來威脅我，我無論如何要去公安局備案，否則到時候我出問題了誰負責？」

房東一聽，驚得在電話的另一頭急著說：

「不用去公安局的，今天下午我已經跟他把錢算清了，沒事了呀。」

我知道房東對公安查他的藍印戶口已經怕得焦頭爛額了，如果今天我再去告他一狀的話，他的藍印戶口絕對完蛋，那這個房子也失去了它最大的價值。畢竟，對他而言，千金難買上海身分。

「事情不能再拖了，公安那裡我跟他說只是先借外地來的親戚住幾天，接下去就要召開十六大大會了，到時候公安局絕對不會讓我放著不管，你們能什麼時候搬就快搬吧。」房東找我們談。

按照契約上的規定，房東違約要我們搬家在先，所以應當賠一個月的租金。

「這樣好了，」外子說，「我們也不要拿錢，但你總要給我們時間去找房子，多住二十天好了。」

誰知道房東一聽之下極不滿意，他氣呼呼的說：

「我怎麼知道公安什麼時候叫我搬，可能是五號，也可能是十號，或是十五號，你們要儘快搬才對啊！」

這下子我們也火了，到這裡住不到一個月，又是裝潢公司的人來鬧，又要我們搬家，現在已經不索賠儘快找房子了，他還不知足的要我們越快搬越好，錯的又不是我們，我們幹麼要配合你，聽你差遣分配？

講到最後，外子決定不跟他囉唆，一句話：「談判回到原點，一切按照契約履行權利義務。」這意思就是，你不賠我錢，我就有權每個月照樣付你租金，一直住下去，所以，我們就老神在在的等著公安上門，取消房東的藍印戶口。於我們而言沒有任何的損失。

房東自知理虧，卻還不認輸暴跳如雷的說：

「什麼友好態度？一切都是假的，除非你們今天就搬，我就賠你們一個月。」

契約書上寫得明明白白，他講這些實在不能代表什麼。

雖然我們的態度強硬，但是外子也有他的顧慮，他也不想在他不在家的時候發生任何事情，到時候我和孩子該怎麼辦？畢竟這是人家的土地，因此我們還是積極的四處尋找房子，儘快搬開這些亂七八糟的事情爲妙。

然而，這只是剛開始的光線黯淡而已，眞正把我推向無光的所在的，卻是搬走之前，房東要我們留下五百塊的電話費押金，這五百塊，原來只是個小數目，如今，卻在藍印戶口之後，成了我心頭的一個噩夢。

爭取列入世界遺產的外灘老建築

我的臉難得塗了白白的粉，嘴脣上搨了一層暗紅的脣膏，穿著兩吋半的高跟鞋，等著小劉的出現。等待的時間裡，我覺得自己像平劇裡的穆桂英，背後插了幾枝旌旗，手上的花槍在空中翻騰跳躍，臉上的妝容亦相似，只差嘴裡沒喝叱出聲，偶爾打得起勁來個大旋踢轉身將槍身掃過，一派英雌氣勢。我想我的表情和臉上的妝實在是有些不協調，臉上肅穆的樣子倒像是要去參加什麼喪禮，若要這麼說也行，我眞想將那個胖男人一槍放倒。

「你來了。」看到準備兩肋插刀前來相助的小劉，穿的還是一件長袖襯衫，中規中舉的黑皮鞋，我有些失望，但在涼風起兮的秋天，我怎能以爲能夠看到小劉像電影裡的打仔，身上只穿件無袖的緊身背心，露出一身的虎背熊腰呢？

我們倆快步的走著，兩人各有心事的沉默的走著，其實我倆根本不算太熟，小劉是我租房子的仲介公司業務，剛好是台灣人，又剛好這房子一看就中意，所以生意成交了，來回見面也只有簽約搬家那麼幾次，基於同鄉的情誼，能幫忙也就多少幫點。但是，這回教人家陪自己去討債，前因後果都還不十分的清楚，連胖男人的背景都不了解的基礎下，小劉就一口答應了，我也覺得挺不好意思又挺感動的。其實，我又了解小劉多少呢？人在異地，有些不可能發生也絕對不會發生的事情，就這樣小說情節般的展開了。

早上我要小劉假裝要買保險，打電話給胖房東，小劉說得挺溜的：「李先生，我想要買保險，聽朋友介紹你的服務不錯，方便約個時間到你公司談談嗎？」胖子聽到有錢賺，沒有說不的道理。

「三點鐘，到他們公司見面。」小劉到手的微笑著說。

路上，我焦慮的心情又浮現起來，這一個多月以來，焦慮的心情老是纏繞著我，自從知道要搬家開始，就開始覺得諸事不順了起來，怎麼才來個把月不到就要來個大變動呢？誰，號稱有五十萬台灣人在的上海，有誰像我一樣這麼無辜？碰到的房東簡直就是一個無賴，搬走的那天押金雖然有還，水電煤氣也都按照電表上的紀錄結清了，但是，就剩下電話費沒法結清，房東說得留下五百塊當抵押，我為了順利搬到新家去，也爽快的答應了，事後卻被老公說：

「他的電話不能打上海以外的地區，叫我們用IP卡撥，哪需要留那麼多的錢在他那裡？」

一語成讖，連一個馬桶都不肯花錢修理，還疑心房客使用不當，並且以此爲藉口不肯清償裝潢公司的五千塊尾款，自己違約卻遲遲不肯說出賠償底線的人，果然是要令人頭痛的，爲了一些尾大不掉的東西讓別人日也詛咒、夜也討厭的活著，難道他不痛苦嗎？還是，這些只要他聽不到就好了，讓你們詛咒痛罵，懸在心上，日復一日糾纏著，甚至到最後自動繳械放棄，總歸，他就是贏了。贏的定義是什麼？贏的定義就是拿他沒辦法吧，自認倒楣嘛，誰叫你們碰到我？

那天我收到新房子的電話通知單，心想，那麼之前的電話費也可以做個了結了，我打電話給胖房東，基於好聚好散的理由，我客氣而禮貌的問他，電話費帳單收到了嗎？金額會不會太高？

那房東一副沒什好談的聲調，懶洋洋的說：「收到了，是沒有多少錢。」

我問他什麼時候能碰個面將錢和帳單做個結清。

他突然火山爆發的大聲吼叫著：

「你怎麼知道我今天剛好去電信局拉掉電話，我知道你們搬到附近，你是不是在監視我？我告訴你，我很忙，我明天就要出差到外地去，這次去多久沒有確定，眞要問什麼時候，只有到月底在說吧！」

不等我開口，聽筒就傳來電話斷線的聲音，他把電話掛了。

我氣得說不出話來，到底是誰欠誰錢呢？我跟他要錢是天經地義，毫無疑問的事，這番語氣下，我倒像是一個路邊乞討的乞丐似的被回絕了。還是這件事的進行和結論只能由胖子主導，我只是個微不足道的小角色，無權過問？

我想到大陸的俗諺：「做成生意的只能算是徒弟，收得到帳的才是師傅。」

大陸我不是沒待過，這樣看似怪異的事在大陸可能只算是常態，更何況我是個外地人，我教自己不要大驚小怪，每個地區有每個地區的處理方式，我得自己找條生路，想辦法解決這件事。老公長年在外地奔走，在上海我沒有太多的朋友，更別說所謂的黑白兩道，可是，我知道，這件事我若不像《秋菊打官司》裡的秋菊，「要一個說法」，我沒辦法說服自己生存下去。不要說是五百塊錢，就是五十塊，我也要看到結果。

我想到以在地人對付在地人的方式解決，找來小吳這位狗頭軍師看有什麼好辦法，小吳以她江湖中人的性格想來一招以退爲進的方法。

小吳晚上用公用電話打給胖子，跟他說：

「我家太太回台灣去了，她說她在你那裡還有幾百塊錢，這個月的工錢叫我直接跟你拿，聽說你還欠她電話費。」

胖子原本聽了沒事，一聽到欠了電話費，就和小吳在電話裡吵了起來。

小吳告訴我：「我是個粗人，不像你們講話還給對方留面子，他說找他也沒用，罵我莫名其妙，我就氣得罵他是個無賴，欠人家錢不還。」

小吳機關槍似的伶牙俐齒是可怕的，而她那嘎著嗓子的聒噪嗓音讓人聽了也是一耳的不舒服。她說：「我還告訴他，你別想賴帳，我認得你上班騎的電動車，我還知道你上班的地方，我連你家在哪都知道，你給我小心點。」好個狠角色小吳！

小吳繼續盡情暢快的講個沒完：「我說我是個沒素質的外地人，外地人是做了就跑再也找不到的，我看那個死胖子氣的呦！」

我好笑又好氣的看著小吳和胖子之間的對手戲，心中只有痛快淋漓的快樂，不知道爲什麼，我絲毫沒有任何的恐懼，想到對付這個無賴痞子，我只有勇往直前絕不後悔的想法。

當天晚上，胖子打電話給外子，問爲什麼有個神經病的小保母打電話跟他扯這些事，然後放話，不要讓他再看見小保母，讓他看見了一定要打小吳。外子沒多說，就一通電話打給我：「一件事不用搞成這樣吧，又不是多少錢。」

我更加的生氣，氣自己的先生居然胳臂肘往外彎的幫著別人講話，說穿了，就是因爲覺得自己有理卻還被這種無賴踩在腳底，就是因爲沒多少錢還被人家這樣貶抑，我更要找出自己的路。

「將在外，君命有所不受」，不知敵情的人，是無法了解前線的危急的，我斷然拒絕了所有怕我會出事的規勸。當晚，還出動了台灣的老媽打長途電話來了解勸說，我不但沒有用善意的謊言告訴老媽什麼事也不會發生，我還據實以告將要怎麼發動攻擊，女神龍老媽果然寶刀未老，先前還說五百塊就算了，安全重要，這回一聽也覺言之有理，竟也被煽動的連聲讚好，還說：「若是我也在上海，我也會安奈做。」

理字是站在我這方的，可是事情會怎樣發展，我也不知道。

就像現在，我和小劉坐在胖子辦公樓底下的銀行裡，等著三點鐘的來到，我倆沒話的坐著，誰也沒出聲。小劉會怎麼做？我問過，可是小劉也只是說到時候看他的就對了。我不是害怕，相反的，還有一種類似匍匐在叢林裡等候獵物到來的刺激快感，一向溫和且老是事通人和的仲介小劉，此時，在沉默的背後，倒像醞釀著什麼風暴般的蠢蠢欲動著。

時間到了，我們進入胖子的辦公室，胖子正在和一個女同事說著什麼，我將標的物指給小劉看，小劉擺著業務的標準笑容迎向正要展開另一個業務笑容的胖子，然而胖子的笑容卻在看到如女煞星般的我的時候漸次掛了下來，隨著我的走近，胖子的心理也迅速做了一番調整，這下子，胖子自己知道，跑不掉了，不如就再擺出業務代表的風範，先處理好眼前的危機再說吧。

胖子帶了兩人入座，小劉開口了：

「李先生，我是曾先生公司裡的人，他讓我過來問你之前電話費結清的事。我是認為，在上海，每個人有每個人的路子，你有你的路子，我們也有我們的路子，大家各走各的也就相安無事，今天我既然來了，就要帶個結果回去，否則我不好交差。」

小劉從從容容的講了一些開門見山的開場白，態度是一派的禮貌兼客套，斯文語調中帶重話，接著看這胖子要如何表演呢？

胖子說：「電話費我不是不給，你之前叫了個小保母打電話……」

我不等胖子說完，就斬斷他的話：「這之前我打電話給你也是客客氣氣的，你不但掛我的電話，連個還款期限也沒說，騙我要去外地出差，我每天打電話到你公司裡，你同事都說你有來上班。」

小劉也講話了：「李先生，你是業主，你應該要用誠信的態度來對房客，這樣拖著，怎麼說也不對。」

胖子眼看不對，趕緊說：「我昨天有打電話跟你先生說過，電信局那裡還有半個月的電話費要到下個月才能結清，難道他沒告訴你嗎？還是他那天喝醉酒了沒聽清楚？你不相信可以打電話去電信局問。」

我雙眼一瞪，聽這胖子又在隨口胡言栽贓，怒火攻心的喝斥道：「你說誰喝醉酒了？你說誰呀？誰喝醉酒了聽不清楚？」

那胖子見我突然厲聲了起來，也好漢不吃眼前虧的趕緊承認：「那那……那就算我說錯了。」

原來還有半個月的電話費卡在電信局，這會兒又讓這胖子有機會再拖下去了，只有叫胖子白紙黑字的寫下，一收到電話費帳單就還錢。然而就在這當口，一個瘦男人突然從屏風後頭站了起來，探出一顆頭說：「你們是哪裡人啊？這裡的規矩你們到底懂不懂？電信局結清的時間都不清楚還要扯什麼？」

我翻著眼看這突然加入的男人，不就是敲邊鼓的，想仗著人多來鬧場嗎？

「你是誰呀，關你什麼事？」我一邊瞄著胖子的神色，一邊看著小劉的下一步，看事辦事的講著。

那瘦男人連珠砲的邊說邊走到小劉身旁：「怎麼沒我的事？你們在我們公司講事情就關我的事。」

我看小劉低頭不語的神色，又看胖子一臉安心，我也不知道這下子會變成什麼情況。這時候那瘦男人伸出兩根手指頭對著小劉的臉說：「這個先生剛才說什麼路子不路子的話……」

話沒講完，許久沒說話的小劉突然吼了一句：「你的手指不要指著我。」一群人連我在內被小劉突如其來的吼聲嚇了一跳，瘦男人將手放了下來，但是嘴巴裡依舊囉唆的念著一堆話，還在耍著嘴皮子。

「你們剛才說的話我都聽見了，這件事就是……」

小劉虎的一聲站起來，手肘子一拐的往站在身旁的瘦男人的胸膛拐去，那瘦男人被碰得一個踉蹌，胖子一看情況不對，臉色發白的衝過去扶住那瘦男人，瘦男人回過神來要往小劉身上擠，卻是被胖子的肥短身軀擋住了，嘴巴裡仍然一逕的叫著：「幹麼？你還打人啊你！」

我以爲要打架了，既然小劉選定了單挑這個瘦男人，顯然胖子就要由我來解決了。我已經想好了，一開打，就將腳下的高跟鞋抓起來往胖子的頭上敲下去，就算狀極醜陋、遍體鱗傷我也拚了。

小劉一身練家子穩穩的杵在原地不動，低沉的說：「我要走出去，你擋住了我，我要你讓路，哪有打你？」

瘦男人憑著的只有一張嘴，身上擠不出幾斤肉的怎麼和小劉打呢？只能挨在胖子的身後揮著兩隻乾瘦拳頭，一臉悲憤的吶喊兩下，見沒人出頭，又晃兩下就放下了。

只見胖子嘴皮抖啊抖的說：「算了算了，今天這事兒就到此爲止吧，不要再鬧了，反正該寫的也都寫了，到時候再說吧。」

辦公室裡的小姐也跑過來，好聲好氣的說：

「李先生，你私人的事到樓下咖啡廳去說吧，不要在公司裡講了。」

在回家的路上，我眞心的謝謝小劉，無緣無故的爲了這事情大動干戈，我覺得自己眞是幸運，雖然總碰到一些流年不利的事情，卻總也有人願意幫助我，甚至是這種吃力不討好的事情，小劉也願意出面。

小劉說：「其實，人活著就是爲了一口氣，要不然就不要混了，也活不下去了，人家叫我們台巴子，我們台灣人就應該更團結，互相幫忙才對。」

我後來把這事講給其他人聽，台灣朋友聽到這件幾百塊錢的故事，大家都大呼不可思議，然後每個人又都講出如何被房東以各種理由拖欠部分押金不還的事情，以及被吞了也無法聲張的狀況，要是每件事都像我這樣解決，那可能每天忙這種事都忙不完。

朋友說：「你要是像我碰到更多像這樣的事，那可能菜刀拿了就要從巷子頭砍到巷子尾喔。」

也有朋友聽了大表支持：「當然要跟房東要，不跟他們要他們以後就都亂來。」

我笑了笑，說我固執也可以，說我麻煩也可以，每個人有每個人生活的哲學和實現的方式，我的方式或許太過粗糲直接，也許太過瘋狂，也許會陷入很不安全的狀態，但是，我想到願意幫助我的那些認識不久的、沒有要我支付報酬的朋友們，我知道，這就是我在上海生存的理由。

三百七十五塊兩角

死胖子是我和小吳對胖房東的無賴欠帳行爲所衍生的代名詞，我們兩人一天到晚在家裡咒罵他這種愛裝高尚，實際上卻令人不屑的小人行徑。自從我告訴小吳，只要我倆其中一人能拿回剩下的錢，我願意酬庸人民幣一百元給她，小吳很快的與我站在同一陣線上，與一百塊靠攏，她幫我打電話給死胖子恐嚇他，「如果不把錢拿來，我可是知道你在哪上班喔。」兩人在電話裡大吵一架，把胖子氣得七竅生煙，死胖子並且放話：「不要讓我碰見這個小保母，我碰見了一定要打她。」

自此之後，小吳也被捲進戰場，與我同仇敵愾的恨著胖子，常常見到的場景是，本人一隻腳跨在沙發上，頭髮披散且眼帶凶光的坐著，小吳則手拿著抹布，兩片嘴唇劈啪作響的臭罵著：「死胖子，下地獄去吧。」主僕兩人就著冬日的陽光，心裡卻是晦暗至極，只有靠著恨意的加溫來提高彼此間的暖意。

後來我和小劉兩人在胖子公司爭回一口氣，接下來的日子裡，我就不再想這件事情。對這種「俗仔」，我已經不想再花腦筋理睬了，錢本來就不是重點，出了一口氣才眞是令人快慰，我仍然每天快樂的到上海阿姨們常去的商場裡，看著三不五時推出的特價活動，跟他們擠在花車旁邊，喜孜孜的搶一些便宜貨回來。

反而是外子和小吳仍然念念不忘那筆還沒到手的錢。

「太太，胖子的錢還沒還你，時間該到了吧。」小吳關切的問。

「這個月的電話費帳單應該下來了吧，該和房東要錢了。」日理萬機的外子這次絲毫不敢輕忽，深怕他一個不注意，老婆就登上了晨報的頭條：

「一名疑似恐怖分子台胞，身懷炸藥轟炸市中心商業大樓。」

直到有一天外子跟我說，他主動打給胖子問何時方便拿錢。

胖子惡性不改的說：「最近公司要舉行封閉式的員工訓練營，爲期三天，最快也要星期六才能碰面。」

我一聽就知道全是謊言，什麼最近要去外地出差啦，公司有事啦，現在有客戶在忙啦，聽都不想聽，我看著輪到外子陷入我當時的那種局面，只是沒像我當初被踩在腳底般可憐，不過也爲期不遠了。

星期六，兩人約好早上十點在以前租屋的樓下等，我以過來人的身分和外子說：「先別急著過去，他一定會拖拖拉拉的遲到，讓你在那裡等，況且他會不會出現，都還成問題呢。」

九點五十八分，外子打電話給他，得到的答案是：「今天臨時有事，不能過去了，改成明天早上。」

我一臉神機妙算的笑容，若要論全上海誰最了解死胖子，恐怕非我莫屬。我說：「還好我讓你先打電話給他，否則你又要被他擺一道了。」

外子緘默無語，保持一貫的冷靜，但是我想他開始慢慢相信我先前之所以抓狂的原因了。

我想到這個「俗仔」絕對不能用文明的方法對付他，最有效的方法是：「小吳，明天你拿這封委託書去跟胖子要錢，你不要跟他囉唆，有給就拿，沒給你就走人，回來以後，一百塊謝謝你。」小吳點頭說知道了，但見她的黑眼珠在小眼眶裡滴溜轉著，我想起她以前在我面前發下的豪語：「沒有什麼事能難得倒我。」希望眞的是這樣。

以下是經小吳描述之後，所得到的現場狀況：

小吳手裡捏著那張薄薄的委託書，站在小區門口的保安亭子外，因爲以前常出入小區，所以和小區的保安寒暄了一下，隨後走到離保安亭幾步外停下來，她轉過頭來，看著身長一米七十五，嘴上留著怎麼勸也不剃掉的自以爲瀟灑的兩撇鬍子，一派優閒的倚在保安亭邊的老公，小吳想到胖子說過的：「再讓我碰到這個小保母，我就要揍她。」爲了達成讓人敬畏的主人的交代，以及做工好幾天才有的一百塊，她要年輕時素有「流氓」稱號的老公陪她前來應付。

十點多，胖子姍姍來遲的靠近了，遠遠的胖子就瞇起了眼打量這個小保母，「今天是什麼狀況？」胖子心裡頭打了個底，眼睛飛飄的把整個狀況給拿捏住了，小吳輕聲斯文地說：

「李先生，這是我們家先生交給我的委託書，要我問你手上方不方便，如果您方便您就交給我帶回去給我們家先生。」

胖子是何等機關算盡的精明狡詐之輩，天底下只有他要人家看他臉色的分，哪有人家要他的可能，更何況是在他眼中低等如塵土的小吳，別說對付了，連應付都談不上，他抬高了嗓門：

「只有委託書哪夠？還有一張收條，沒拿來我不給錢。」

小吳知道這胖子不是省油的燈，她是說不過他的，再加上她對收條的事情也不甚了解，於是先不和他多說，打電話到家裡，把情況稟告先生才是上策。外子則要她先走人，拿不到就算了。

於是小吳掉頭走向停放腳踏車的地方，她一路走，胖子就開始一路罵：

「你這個小保母多囂張啊，也就不過是個保母，還他媽敢打電話到我家裡威脅我，你是什麼東西，跟我囉哩囉唆的！」

他自己罵得不夠，還站在保安亭旁跟跑出來的保安數落著小吳的罪狀：

「一個鄉下人，什麼素質都沒有，還敢跟我凶。」

小吳憋著氣，跟自己說絕不能生氣，要生氣了肯定是自己吃虧。

胖子嫌罵得不盡興，居然對走到他旁邊的小吳老公數落起小吳來了，他把他當作好奇旁觀的路人講了起來，小吳老公嘴角往上揚起，兩撇鬍子輕鬆的抖動著：

「算了，沒什麼好氣的，又不是她跟你的事，算了吧！」

胖子顯然沒有停下來的意思，好不容易看小保母人單勢薄的，又想到小保母先前在電話裡放的狠話，現在又拿著雞毛當令箭的要幫那個台灣人要錢，這筆帳無論如何得找她算。

小吳低下頭來拿鑰匙開腳踏車的鎖，胖子伸出兩根手指指著她的頭張大了嘴猛罵，小吳原來就是個火爆性子，從他一開口罵，她就忍住不生氣，誰曉得這死胖子硬是咬著她不放，這下子她再也受不了了，她一抬頭對著胖子叫：「李先生，我想你也是有素質的人，我告訴你，你不要用手指著我。」說完，小吳也用兩隻手指頭戳回胖子的臉上。

短圓矮小身材、穿著風衣裝帥的胖子，被小吳的手指頭一指，頓時整個火就往上冒，他本就是個欺善怕惡的鼠輩，平時被惡人凶得沒處發洩，這下子連這個微不足道的小保母也敢指著他叫，他伸出短小的手指，說時遲那時快的往小吳的手上一抓，準備擰住小吳的指頭。

機伶如小吳，趕緊抽回手來，就在這個時候，小吳那身高一米七五的流氓老公幾個大步從後頭追上來，一隻胳臂勒住胖子的脖子向後一提，把身長只有一米六的胖子掐得差點沒氣，另一手掄著拳頭就往胖子的大頭上捶，一邊捶一邊罵道：「你他媽的敢打人，你他媽的——」用了幾個「他媽的」，就打了幾拳。

一旁走路的民工、等公車的小姑娘、從保安亭裡跑出來並不「保安」的伯伯、只爲看熱鬧的阿姨、騎腳踏車經過趕緊龍頭一拐插在圍觀的人群裡的小青年、一件汗衫一條短褲本來要去「農工商超市」買菜的上海阿叔，大家夥不約而同的爲了趕赴這一場盛宴般的放下手頭正在做的事，把三個人團團圍住，小吳厲聲地對著她老公叫道：

「把他給我打死。」

有幾個阿姨也說：「哪裡有男人打女人的呢？實在是不對的呀。」人群裡的保安因爲穿著制服的緣故，看這幾拳也打得過癮了，再打下去也不行，就出來勸阻：「算了吧，沒什麼事就別再打了。」

胖子終於被放開了，他短短的脖子好像被拉長了一些，整個臉漲得通紅，頭髮亂得像拜拜時供桌上的「旺來」，原先瀟灑帥勁的風衣也皺了，領子被翻起來貼在脖子上，平日五體不勤的他經過這麼一折騰，連他都想不起來自己跟人家打架是多少年以前的事了。他喘著氣，吸了兩口久違的新鮮空氣，連喘帶抖的從喉嚨裡吐出一句話：

「我要打電話報警，我要打１１０，上海是個有法治的地方。」

他的手拉開風衣的前襟，一邊摸索著褲腰上的手機，拿在手上，短短的手指就是按不著那幾個按鍵，嘴裡邊還是不認輸的罵著：

「你們動手打人，我他媽的叫公安來抓你們，你們這些無賴，還講不講道理？我今天非把你們送進公安局不可……」

小吳也慌了起來，若是要進公安局，到時候什麼暫住證、健康證等等囉唆事情都跑出來就麻煩了。小吳立刻打電話給外子：

「先生，是他先動手打人的，如果拿不到錢，我們就要先走了。」

外子聽了也同意，本來就說好拿不到錢就走的，誰知道會搞到打架這步田地。

於是，外子打電話給胖子。虛張聲勢的胖子罵了半天，110究竟還是沒打，卻接到了外子打來的電話，他馬上惡人先告狀的講：

「你們那個小保母帶人來打我，是他們先動手的，我要叫公安來把他們帶走！」

外子聽到他被揍，一邊講著電話一邊想笑，這個死胖子眞是被揍得應該。

可是他還是有禮的告訴胖子：

「今天拿不到錢就算了，我明天再到你的辦公室跟你拿吧！」

此言一出，眞是把胖子驚醒了。之前藍印戶口的違約他就已經付出代價了，後來為了這五百塊，不但有個台灣女人帶了個打手來把美麗高貴的辦公室氣氛徹底破壞，讓他費了多少唇舌重新恢復他舊有的威信，今天又找了個外地流氓來打他，什麼？背後這個恐怖的主謀明天要出現在他的辦公室，那會是個什麼樣的情況？他眞的不敢想像明天會有什麼陣仗等著他。

胖子不愧是個精靈善於應變之人，不等外子講完，馬上說：

「你明天不用來了，我現在就拿錢給小保母，你只要把那張收條寄來，我就把電話費帳單寄還給你，好了，就這樣了。」

他把手機放入腰間的夾子裡，把風衣的領子重新打理好，臉上的潮紅此時已退去，手指梳扒好淩亂的頭髮，他把兩腳稍微前後岔開，換上平常驕矜的表情，告訴小吳：

「拿去拿去，一共三百七十五塊兩角，我的帳單收據不給你，等你們東家把收條寄給我再說。」

他的手在風衣口袋裡掏了一陣，沒找到什麼東西，又在前後四個褲袋子裡亂找，上沖下洗般的忙個沒完。經過那陣慌亂，再加上腦袋被捶了幾拳，搞得他有些暈眩，幸好在輕微的失憶中沒讓他又節外生枝的想到腦震盪的危機，否則又得歹戲拖棚的演個沒完就麻煩了。

他終於翻出來和錢摺在一起的帳單，三百七十五元，還差兩角，流氓老公說：「兩毛錢算了。」

胖子一臉酸臭的說：「怎麼沒有兩毛？算了什麼？我就要給兩毛，我就有兩毛。」

他拿出一塊錢說：「找我八毛錢來。」

就這樣，剛才打罵成一團的三個人，在圍觀者的炯炯目光下這麼講道理的你一毛我一毛的分了起來。胖子的堅持，讓人感受到他與先前完全迥異的、乾淨的、清爽的、光明的做人處世態度，以及他努力維持住的，絲毫不能動搖墜落的「做主當家，操控全局」的尊嚴。只要想到他所在的潔淨先進、光明晶亮的辦公大樓裡，他的業績總是掛頭在眾多sales前；他們公司的總部，那棟有著百年歷史的經典歐式建築，如何在華燈初上時，剎那間在外灘展現耀眼的璀璨光芒，照亮整個黃浦江面。他，頂著國際公司員工的頭銜，是這樣朝著金錢和名聲的目標勇往直前，這些人，哼！他不放在心裡。

流氓老公點好了錢，收進口袋裡，操著江湖裡的聲調，老裡老氣的說：「這樣就沒錯了，大家就算交個朋友，等會兒我請你去喝個茶吧！」

胖子避之唯恐不及的搖手連聲說：「不用了，不用喝茶了。」

小吳看錢拿到了，一邊的老公又高大威猛，忍不住又罵道：「早拿來不就好了。」接著又偏過頭去和保安胡扯瞎說：「你不知道我們家太太有多少可憐喲，因爲藍印戶口的事，被公安來家裡問了好幾回，都是這個男人搞出來的。」

胖子不甘示弱的朝保安回講：「那個台灣女人還帶人到我辦公室裡來鬧，眞是可惡極了。」

保安告訴胖子：「台巴子在上海的路子不要太多喲（台灣人在上海門路很多）。」

小吳被她老公一邊拖著走還一邊回嘴道：「我今後不要出事情，出了事情我就找你，我知道你騎的電動車，我知道你的辦公室在哪裡，我還知道你家住在哪，你的女兒長得什麼樣子我都知道……」粗啞嘎噪的嗓音拖曳在整條街上。

才理智不到兩分鐘的三個人，就在眾人慢慢散去中，以及小吳和胖子二人的吵鬧不休中漸行漸遠。

這一切的一切，算到底，原來不過是：三百七十五塊兩角。

2

徘徊漸進

互看篇

上海的計程車司機精敏世故，閱人無數，和世界各國的情況差不多，都是男性爲主。一個城市的窗口，遊走著這些整日開著車子在大街小巷奔走的司機們，他們的言談表現，就代表了這個城市的況味，在我仍是一名涉上海未深的城市陌生人時，就親身領教過有關他們的上海經驗。

他們的耳力超凡，在上海這個人流交會的大都市裡，他們頭也不用回的聽你報出路名，就知道你是台灣來的。

所謂專業

「師傅，在上海開車挺好賺的吧！」

「好賺？我們現在都是苦哈哈的囉！政府說要開放外地人當司機了，我們自己都賺不夠了，還有人要來搶飯碗。」那師傅講得一腔苦水，我卻見他的臉上沒有太多的苦難模樣。

「你看，像岳陽路、東平路這些你要去的路上，都是單行道，不熟的人肯定帶著亂轉，那車資不就高了嗎？到時候又浪費時間。外地人怎麼能開？」上海師傅端著的上海人資格，讓他講得順暢又滑溜。

「那倒是，上海的司機素質高。」我輕描淡寫的褒他，見他眉也沒挑的繼續開著車，彷彿這句話不是恭維，而是一句早就貼在他們身上的標籤，看就知道了，何必提呢？

「而且，上海的司機夠專業。」再給他補上一句，這會兒，見他咧開了嘴開心的笑了。

什麼叫做專業？不是一般人能做得來的叫專業，那些外地人？嘖！

專業這兩個字，說進他的心坎裡了。

開向外灘的司機

從延安中路高架橋往外灘的橋上，可以看見路上間或出現的燈光金燦的高樓，它們是外灘燎原綿延的金豔光芒的前奏曲，尤其是一棟有著紫、綠、黃的燈光隨著樓層的增高而更改著顏色的建築，更是引人注意。

「好漂亮的燈光喔！」

隨著外灘的逐漸駛近，我們的興奮之情也跟著加溫，上海的夜晚魅力，由我們這群第一次親臨的陌生者的表情裡可以想見。

「上海眞的好發達，師傅一定也覺得漂亮喔！」初臨上海的傻子忍不住天眞的向司機告解。

「漂亮有什麼用！跟我一點關係也沒有！」司機賭氣的視繁華美麗爲海市蜃樓，一臉不同意的潑我們一大盆冷水。

「怎麼會沒有關係呢？上海發達了，觀光客來了，你的車才有生意啊！」我們眞眞不同意這個不滿足的司機說出來的「一點關係也沒有」的話。

不滿足司機一手扶著方向盤，一手指著如電如幻、燈火輝煌的上個世紀的建築物，視若糞土的說：

「什麼叫做漂亮？那要你們從徐家匯坐到浦東機場再繞一圈回來才叫做漂亮。」

他的手像繞著地球一圈似的畫了一個圓，一邊好暢快的講出了他心裡的話。

我們聽他這樣好實際的話覺得又驚又好笑，到浦東機場距離遙遠，單程要百來塊，還說繞回來哩！

這司機眞是現實得淋漓盡致又坦白得不落痕跡。

「有鈔票才叫漂亮，沒鈔票，什麼叫漂亮？」他自己也爲自己的現實笑了起來。

上海師傅的至理名言，我等默然且銘記在心。

毛主席萬歲

「我就覺得還是老毛在的時候好。」司機帶著濃濃的上海腔，怕我們聽不懂似的又補了一句：「毛主席視人民爲一體，有飯大家吃。」

只要有人勾起了師傅們的談興，他們會很願意將時事分析給你聽。

「毛主席的時代，美國算什麼？蘇聯老大哥同聲一氣，美國還怕中國呢！鄧小平的時候也還可以的，美國不敢吭聲，可是你看看現在什麼模樣！」

到底領導得罪了他什麼？讓他如此氣憤現在，卻眷戀著以往還沒改革開放的時代呢？大家都嚮往著進步、現代化，爲何這位站在上海窗口的師傅這麼頻頻回首，看著悠悠渺渺的遙遠時代卻不隨著他的出租車駛進世紀大道？

「你說下崗的兩百五十元夠活一個月嗎？沒有辦法的呀，上有老，下有小的，從單位裡下了崗，只好開出租車。」

上海腔裡滿滿的無奈，繼而忿忿不平的說起了領導欠他的錢：

「還說什麼下崗工資呢！下崗前簽好的契約，多久多久可以領一次退休俸，如今政策一改，什麼退休俸都沒了，我跑去找單位裡的理論，他說『政策』才改，沒錢可領了，還有沒有人權呀這是！」

想著那筆被領導政策沒收的錢，用半輩子歲月換來的錢，就這樣化爲烏有，怎不叫人難過？

「當初把國家單位和民營單位一起把著競價就是不對，民營企業的價錢低過國家單位，國家單位怎麼敵得過呢？好了，就開始裁撤員工了。」

師傅話回原處，「還是毛主席好。」

下了車，師傅沒忘記說了句：「謝謝！再會喔！跟大家開開玩笑。」

一齣可以寫成小人物在時代下的辛酸劇，卻在上海師傅自圓其說的通達世理中，找到了繼續生活下去的理由。

落拓大戶

我們從新天地太倉路出來，上了計程車。

「就不知道這石庫門哪裡好，這麼多人要來，東西好不好吃我不曉得，價錢比外面貴了兩三倍，還有那些走來走去的都是些KTV小姐，KTV小姐你們知道吧！坐檯賺錢的呀！眞是。」

「國民黨好！共產黨有什麼好？有錢的都是國民黨那裡來的，共產黨海吃海喝拿人民的錢跑到國外去揮霍，那些大款再把錢弄到中國，找人再投資，共產黨失敗的呀！」

這師傅不知道怎麼搞的，從我們一上車他就自顧自的講個沒完，原來沉默無語不知如何搭腔的我們，被他講得一愣一愣的，但是越聽好像越不對喔。

「你看這些以前的花園洋房，現在都被有錢人買了，重新裝修，要不自己住，要不租給外國人開餐廳，我祖父以前也有一棟洋房，三層樓的。」

一個看不慣從國民黨那裡過來，有幾個錢的台灣人，能夠夜赴新天地納涼喝貴得要死的飲料的司機，胡謅過去的身世，看看是否能唬到這些不知好歹的台巴子。幾個朋友不知該不該接話的愣坐著，就當他是心理不平衡的發洩一下，但是聽久了覺得越來越不是滋味，講了一堆不關風與月的，骨子裡罵的都是台灣人。

「有洋房還不賣，那不是擺著等爛掉嗎？幹麼不賣！」我就不相信他有洋房。

司機轉了個彎，歪著頭說：「就是不想賣。」

我繼續問：「花園洋房在哪個地方？」

「在在在，在華山路上，白色的。」司機恐怕要恨起我來的說。

「趕緊賣了吧！開出租車那麼累，是不是啊！」我說。

他的滿口酸話碰到我這個過分認眞的死硬派，也沒有交集，臨下車，他轉過頭來說：

「謝謝啊！」

彷彿剛才那一切不過是一場玩笑話，而我們又何必當眞呢？

繞路

在我還沒有將地圖研究清楚的時候，我曾經朦朦朧朧的自覺成了冤大頭，繞路，是經常有的事，之後我曉得，上車報過地名就應該緊閉嘴巴，不讓多餘的話語洩漏自己對城市的無知。

往往，師傅會測試你對路線的認知度：「走龍華路嗎？」或是「要怎麼走？」以上問題都直接考驗我們的方向感和熟悉度，該如何回答呢？

「好吧！」

有時，這個「好」字就成了事後對著地圖左思右想的後悔不已，也成了對司機的咬牙切齒與氣惱自己的顢頇無知。

但是，對這些欺負外地人的司機，上海政府另有一件緊箍法寶來管制這些刁鑽的孫猴子，那就是「投訴制度」。

一次我和台灣朋友上了車，嘰哩呱啦的交談中，女兒突然聊起上次坐計程車到學校被繞路的事。

我不禁怒火中燒的碎碎念了起來：

「是啊！後來我就打投訴電話，拿著司機打的發票告他。」

原本只是我的一番胡言亂語，就在此時，我看到司機的手往表上的按鈕按了一下，像是取消什麼設定，我想到上次朋友坐上一輛賊車，跳表里程加倍計算，害他花了兩倍的車錢。

於是我就碎碎念不停，好死不死，這輛車從高架橋下來正好不能到達我指定的地點，還需要繞些路，我不饒人的說：

「怎麼開的呀！我不是要到這裡，好了，算了，我自己走過去。」

我一看表，二十四塊錢。

「你怎麼算？」我說，其實我心虛得很，也不知道要怎麼喊價。

「你給就是了。」司機說，看來他也怕了這個投訴成性的嘮叨女人。

我丟下二十塊錢，下車後還理直氣壯並不忘姿勢一百的關門。

然後夥同已經用台語談好的友人及女兒逃命般的離計程車遠去。

可憐的他

「淮海中路，太平洋百貨。」我上了車，報出路名。

可是這司機卻被原先是法租界的單向道弄昏了頭的自言自語起來：

「這條路好像是單向的，ㄟㄟ我看一下，看來要繞個小圈再出去。」

原來毫無戒心的我在聽到「繞個小圈」後突然就精敏了起來。

不管三七二十一的又碎碎念：

「爲什麼還要繞個小圈呢？這條路本來就是單向的，怎麼會不知道呢？」

每當我在念的時候，自己都清楚的知道，我根本對這些道路沒有方向感，我只是爲了遮掩自己的焦慮，進而將這些焦慮轉向司機，司機被我這樣焦躁的情緒也弄得心神不寧，進而安慰我：

「沒關係的，小小的一圈，馬上就轉出去了。」

可是我是一朝被蛇咬，十年怕繞路的驚世女子，司機並不知道我是已經患有繞路恐懼症的病人，迴盪在狹小的計程車空間裡的，是我碎碎念之後動盪不安的氣氛，還有洩漏我焦慮情緒的不停變換的坐姿。

「好，到了，可以停車了。」還沒到百貨公司前面，我就忙不迭的要下車。

「等一下，這前面有交警，不能停的，我再往前開一些。」

我看表，十六塊錢。

「十四塊。」我說，一臉泰山崩於前也不改其色的英雌氣魄。

「好啦！好啦！交警在附近，十四就十四吧！」司機前有猛虎，後有追兵的說。

我慌忙的在包包裡尋找該死的零錢，掏出一張十塊，再捏捏褲袋，兩個一元銅板。以前皮包裡一堆沒人理的一元銅板到哪裡去了，眞是要命。

一陣無力的摸索後。

「沒有零錢了，只有十二塊。」我仍然力持鎮定，勉強維持我臨危不亂的氣概說著。

司機一口氣提不起來，氣絕般的嘶聲叫道：

「十二塊就算了！你，你，趕快下車吧！」

我每每想到這段離奇的遭遇就在想：

我應該去照照鏡子，看看自己已經變成什麼模樣了！

小星球

你總是不知道自己會在車流如水的道路上，鑽進哪一個自成一系的小星球裡，從那裡可以窺見整個宇宙裡的一個視窗，你聽你看你體會，也許運氣好，讓你知道宇宙中運行的小星球們有多少奇思異想在四處流竄蔓長；也許你運氣差，碰到一個既想酸你又想多賺你的錢，並且反覆牢騷社會現狀的人，讓你看看宇宙並不如你想的那麼好。只是別忘了，臨別時打張票，可以讓你的星球漫遊不那麼肆無忌憚而莫名其妙。

學校

第一次替孩子找學校是在早春時節，此番行程行色匆匆，只有五天的時間，要幫孩子尋找適合的學校。

上海對當時的我而言只是東方明珠、外灘、新天地所拼湊起來的模糊印象。在偌大的城市中，我像隻毫無方向感的無頭蒼蠅只能往看得到的地方飛去，沒有朋友支援，沒有親友在上海協助，手上有的是一份地圖以及一個已知的租房位置。

姊姊已經確定念上海學校辦的境外班，弟弟的年紀還不到這間學校的標準，那麼就從離姊姊學校近一點的其他學校開始找起吧，至少以後要上課，距離近也可以一起接送，方便點。我回到旅館翻開黃頁簿，配合地圖按圖索驥，果不其然，正好有一間小學很適合我的需求，我毫不考慮的就打電話去問了。

電話撥通了，電話那端傳來查詢分機號請撥0的提示，我按了之後，接起電話的是一個老伯的聲音。

我說：「請接教務組。」

老伯說：「做什麼？」

我說：「我想問學校什麼時候開始招生。」

老伯不容置疑與申辯的說：「四月底五月初的時候就有簡章下來了，到時候再來學校拿簡章。」然後就啪的一聲把我的電話掛了。

「ㄟ……」我只講了一句話，還有學費、贊助費、班級人數等等一堆問題要問ㄟ，爲什麼就這樣把我的電話掛了？我再接再厲的又撥了電話過去。

「你好，我是剛才……」

不等我說完，那個老伯早已聽出是我的聲音，他權威性的聲音打斷了我的話：「我告訴你五月再來拿……」

還未等他說完，我就有一種不詳的預感，我急急的問：「我知道，我……」

「喂……喂……」我一手抓著話筒，一手抓著頭髮，不敢置信的聽著話筒傳來的嘟嘟聲音，一群烏鴉從我的腦海裡飛過，我可以看到牠們齜牙咧嘴的笑著，這個死老頭子又把我的電話給掛了！冷汗從我的額際冒出來，聚集在眉間抖動著，五根條碼黑槓印在我的頭上，我只有五天的時間可以尋找學校，如今我好不容易找到一間比較match的學校，怎麼能就這樣讓一個莫名其妙的老頭子給毀了。

他到底是誰呢？每次打過去的電話都是他在接，就算是總機語音提示後撥過去的電話也是淪落到他的手裡。他的年紀和口音也不應該是總機的料，也沒有要請他回答問題，只不過要他幫忙轉一下電話也做不到，這不是學校嗎？又不是什麼特殊的單位一定要有識別證才能進入，難道要每個人在電話裡報出通關密語，才能和學校裡的人接觸嗎？

我想到前一天打電話到姊姊的學校報名，接電話的小姐親切有禮的把電話轉接到教務組，教務組的老師開朗的一一回答我的詢問，並且完整的告訴我，準備好照片一張、前兩學期的成績證明，以及報名費就可以前來報名了，這樣明確又便捷的態度，讓我們放下心中的大石，並且立刻著手準備資料，完成報名的手續。這所學校也是上海的名校，無論是在我接觸過的任何一個自視甚高、著重子女教育的上海人，或是普通店裡的阿姨或是保安大叔，聽到這所學校的名字，無不點頭稱好豎起大拇指，反而是我們這樣的外地人還不好意思，趕快謙虛的說：「哎呀，不是境內班，是國際部啦。」

而現在這樣一個固執僵化的、一點教育機構的氣質都沒有的老頭子，真把我氣得渾身皮皮挫，但我可不是一個這麼容易就被打發的人，要比固執比沒水準比沒氣質……不管比什麼，我就像一隻不顧一切往前衝的牛，就算遇到牆壁也要穿破。

我又撥了電話過去，還沒等他開口，我就連珠砲的說了一堆：「你這個老頭子一點水平都沒有，你這種態度我一定要去投訴你，你等著看好了。」接著我就把電話給掛掉了。氣是有出了一些，只可惜問題依舊沒有解決，並且我也不打算就這麼樣的打退堂鼓。衣服穿戴整齊之後，我叫了出租車，進攻學校。

我在不辨東西南北的車上看著爲了迎接新時代不斷翻新修建的道路，黃沙滾滾翻揚在車輪兩邊，不知道計程車要奔馳多久才能抵達學校，穿過的街道離市中心的繁華似乎越來越遠，師傅自己也搞不清楚的停在地圖上出現的路名。在迷走的過程中，我未曾想過何以要如此奔波？何以要固執前往？此地是否爲久留之地，是否適合我？心中單純的只想知道事實眞相而已。

我下了車，問了路人，慢慢的接近校門口，那個老伯正坐在保安亭裡頭，我在外面踱著步子，腦子裡轉個不停，我知道他一定認得出我的聲音，到時候他一定會拒絕我進入校園，然後……我就這樣一邊動著腦子，一邊準備往校門口走近，老伯當然不知在外頭繞行如同獅子將要獵取動物的我，在草莽中計算些什麼，而他一如以往準備好整以暇的吃他的午餐飯盒。就在這個時候，一個正要走進校門的女子救了他一命（或者是我一命），她是學生家長，又是台灣人，於是我就順理成章的隨她進了校門找校長去了。

校長是個上了年紀的女人，雖然一身樸實的衣服，仍然掩不了散發出來的老黨員氣息，她一邊吃著自己準備的飯盒，一邊告訴我，境外班是不需要贊助費的，但是學費貴得多，學校有統一的招生日期，並且必須經過入學的基本測驗，學校辦境外班是經過教育部門的特許，雖然是初辦的第一年，但是要報考的學生很多，境外班只有兩三個班，還是要先拿到簡章後再來報名考試。

話至此，我便言謝告辭，顯然我找了一個頗有名氣的學校，以至於家長都想讓孩子擠進來念書，以至於連顧門的老伯都懶得理我，所以我就必須循序漸進的等待報名的時間，等簡章出來，領取簡章，然後報名，再帶孩子來考試，並且不保證可以入學，這期間我得來上海幾趟？這樣多的手續，顯然也不適合我現在的處境，看來我得另尋學校了。

黃頁簿繼續翻，我又翻到一所國際學校，離住的地方並不太遠。到了那裡之後，接待我的是校長的祕書，一位年輕的上海小姐，她帶我參觀了並不算大的校園以及教室，我問她：

「國內的教育是比較嚴謹的，但是相對來說要求高，壓力也比較大，國外的學校可能學習的東西沒有那麼多，但是比較著重在平均學習的基礎上，壓力比較小吧。以你自己的經驗來看呢？」

這位小姐倒是很平實的說，從小她的成績就很好，一直到復旦大學畢業都很順利，但是她也知道那種壓力下的生活，後來她到國際學校來工作，她覺得，當個國際學校的學生還是比較快樂的。

「但是國家的情況不一樣，中國還是需要時間來慢慢改變，不可能說變就變的呀。」我點頭稱是，國情不同，是需要時間來調適的。

看過這所學校，我的感覺是，除了現實中的昂貴學費之外，若是成長的環境並非英語系國家，有必要讓孩子進入全美語的環境裡嗎？

上海的學校種類繁多，光是我拜訪的這幾所學校，在教學性質上就有極大的不同，有完全中國教育制度的境內小學，教學課程完全和當地的教育進度一樣；也有境內小學裡特地爲境外人士設立的境外班級，兼顧英語的教學；再者就是完全以英語教學的國際學校。

到底應該選擇哪一類學校念呢？我想除了最現實的學費問題以外，仍然應該以自身的「定位」來作決定。

來到上海之後，我從各式各樣的家庭中看到很多不同的選擇。

來自台灣的友人，認為境內學校的國際部最好，在語文和數學兩方面，不但可以維持和台灣一樣的水平，還可以多學到英文，在聽說寫方面都比台灣的學生好。因爲移民而嫁給紐西蘭人，隨著先生來到上海的友人，她認為先苦後甜的方式最快樂，所以小時候累一些無所謂，只要孩子還負荷得了，以後長大了回到紐西蘭念書就會像她當初高中時做留學生一樣，輕鬆愉快的成為跳級生，節省了好多光陰，所以念國際部只是一個過渡，再來應該轉去念境內班，最後她的混血孩子就成為中西通吃的中國通。

決心移民上海的友人，則是鎖定上海的學校，一切和境內的學習進度看齊，由於學習內容以及程度上不一致，所以追上國內的功課成了最重要的事情，既然要長久居住，不和上海人打成一片怎麼可以，自成一國是沒有意義的。功課累沒有關係，不累怎麼能學到東西呢？算起來比較實惠的境內班不像外國學校那樣每天像去玩一樣，不但浪費錢也浪費生命。

讀外國學校的人，一方面經濟上絕對負荷得了一年兩萬美元的學費，一方面是以移民地為最終目標，一切都不能和移民地的教育脫軌。

仔細評估各種學校種類，聆聽各方說法，配合家庭未來的前景與需求，想想自己能給孩子或是想給孩子怎麼樣的生活，選擇一個合適的學校，考慮自己該如何定位，各取所需，就不會像好些人兩年換了三個學校，搞得自己和孩子無所適從；只要知道要的是什麼，就不會三心二意或是人云亦云的老是悔不當初。

快樂，應該就是滿足於當下的選擇吧。

成績與升學率不一定會和教育精神畫上等號，學校的名聲也並不保證治學的理念，綜觀衆人之議論，學校，能不慎選乎？

多元文藝週

我和友人一起到孩子的學校去參加「文藝週」，這是全校的班級經過初試合格，才能入圍表演的節目，我們是應孩子的要求去看他們的表演，順便帶了相機去擷取幾個鏡頭。

我們兩人很高興的看到了他們不分男女，讓老師在臉頰上畫了兩團胭脂，他們班是全校年齡最低的班級，造型也最可愛。跟他們打了招呼之後，我們看到前幾排位子都是空的，便走到第二排座位坐定，以爲第一排必定要留給大官坐的，沒想到一個老師招呼我們到第一排坐，好吧！反正要拍照嘛，不坐白不坐了。

第一個節目就是孩子們表演的小企鵝搭配英文兒歌組曲，這是個很正規的節目，算是團體表演的跳跳唱唱，他們可愛的神情和模樣立刻獲得了全場的喜歡。正當我們還陶醉於孩子的稚嫩新鮮時，接下來，舞台上出現了三個街頭舞者打扮的男孩，寬大的T恤，過膝

INK PUBLISHING

讀者服務卡

您買的書是：________________________

生日：________年________月________日

學歷：□國中 □高中 □大專 □研究所（含以上）

職業：□軍 □公 □教育 □商 □農
□服務業 □自由業 □學生 □家管
□製造業 □銷售員 □資訊業 □大衆傳播
□醫藥業 □交通業 □貿易業 □其他________

購買的日期：________年________月________日

購書地點：□書店 □書展 □書報攤 □郵購 □直銷 □贈閱 □其他

您從那裡得知本書：□書店 □報紙 □雜誌 □網路 □親友介紹
□DM傳單 □廣播 □電視 □其他

您對本書的評價：（請填代號 1.非常滿意 2.滿意 3.普通 4.不滿意 5.非常不滿意）

內容______ 封面設計______ 版面設計______

讀完本書後您覺得：

1.□非常喜歡 2.□喜歡 3.□普通 4.□不喜歡 5.□非常不喜歡

您對於本書建議：

感謝您的惠顧，為了提供更好的服務，請填妥各欄資料，將讀者服務卡直接寄回或傳真本社，我們將隨時提供最新的出版、活動等相關訊息。

讀者服務專線：（02）2228-1626 讀者傳真專線：（02）2228-1598

廣	告	回	信
台灣北區郵政			
管理局登記證			
北台字第15949號			

235-62
台北縣中和市中正路800號13樓之3

印刻出版有限公司　收

讀者服務部

姓名：____________________ 性別：□男　□女

郵遞區號：__________

地址：____

電話：（日）____________________（夜）____________________

傳真：____________________

e-mail：____

INK

的寬大褲管，一頭染成金色且雕塑成「自由女神像」的尖角髮型，蹦跳著走向台前，台下各個年級的學生鼓譟著，同班級的同學更是大聲喧譁叫好，剛才甜美可愛的氣氛爲之一轉，取而代之的是流行舞音的節奏響起。

三個大男孩用不太標準的普通話說著：

「這是我們自己創作的歌曲，我們用日語、英語、德語三種語言來唱。」

舞台的音響燈光由一位外籍男同學控管，三個大男生就這麼輪番用自己的母語在台上又唱又跳了起來，舞台動作雖然不是很熟悉，但是街舞跳得挺好，節奏感也很準確，只是說眞的，他們在唱什麼，我是一句都聽不懂，看著他們青春洋溢的模樣，一股自由多元的文化在大禮堂裡瀰漫了開來。

我們兩人一時之間尙不能接受這樣的轉變，平常在學校裡看到的孩子都像在大學城裡一樣輕鬆活潑尋常，人種雖然不同，但也不清楚上了初中的他們爆發力變得如此強，或許是來自各個不同的國家，所激發碰撞出來的東西也就格外強烈，也可能處於青春狂飆期的孩子就是如此，「實在沒有什麼好驚訝的。」我試著告訴自己。

另一方面，我又心裡好險的想著，一個朋友的女兒在一所以勤管嚴教，怎麼擠也擠不進去的著名小學念書，她因爲不能苟同學校的教學理念，有心將孩子安排到我們這所學校，本來今天要跟我們一道來的，卻是有事不能同行，要是她今天坐在這裡看到台上「鬼吼鬼叫」的外國孩子們，不知道會不會想要繼續來念？

我看到之前在開學典禮上見過的副校長，一位中年上海女性（在上海很多校長都是女性），穿著很典型的套裝，上身一件女士西裝外套，下身則是一身黑長褲，足蹬一雙再簡單不過的黑色圓跟皮鞋，和許多走在路上的上海中年女性並無不同。她一反開學典禮時的莊重嚴肅，反而輕鬆的交疊雙腳，一隻腳並隨著RAP的節奏打著拍子。聽到興起時，還會應台上歌手的要求，跟著拍手唱和。

台前有一個中年男老師，不停的用相機記錄每個表演者的姿態，孩子們在台上出現了任何狀況和要求，這位老師都積極的設法幫他們排除，但這一切都是以輔助的姿態出現。現場所有的狀況，包括燈光、音響、節目的流程與進行，都是學生都主導，老師的身分毋寧說只是一個節目場邊上的助理而已，他們是把學生當作在大人對待。

再後來一個是由八年級的班級演出的歌唱擂台諷刺劇，看得出來演出的學生都是由台灣來的孩子，當戲中的男女主持人穿著唐裝清唱〈夜上海〉出場時，校長倒是覺得好玩的笑了。這個節目提供了對比賽制度的反思：到底比賽的公正性在哪？參賽者中有位打扮妖嬈的女子，主持人介紹她爲「來自古北羅馬花園的王小奶」，更是一語精準道破古北的二奶風之盛行。在孩子們的眼睛裡，成人其實無所遁形。

除了集體的創作演出之外，也有個人的才藝表演。一個十二年級的男生，頭髮梳得油亮服貼，身著白襯衫和一件黑長褲，在鋼琴前坐定，彈奏蕭邦的鋼琴曲目，和幾個之前在台上活力奔放的男孩大異其趣，也許是多年習琴的關係，他的氣質就比較斯文。一個十年級的女孩子表演《唐吉軻德》的芭蕾舞，一個人表演且毫無怯場模樣，落落大方的在台上時而優雅時而奔放的演出，雖然不是職業舞者的水準，但是表演起來也是充滿了感情。自信，是他們共同的語言；表演，是展現他們自我的最佳方式。

十二年級的大哥大姊們的節目被排在最後。一位十二年級的瘦高女孩，請班上的同學充當她的模特兒，在流行音樂的引導下，一個個經過精心打扮的帥哥美女隨著音樂的節奏從舞台後端向前走來，一個金髮酷哥頭上頂著刺蝟般的頭髮，雙手插在褲袋裡，身上則是斜披了一件黑色T恤；一個華裔少女飄著黑黑長髮，穿著一件牛仔短褲，褲頭上掛了一整排的可樂鋁罐，隨著她的台步製造出波浪般的韻律。模特兒們像熱帶魚一一出場，我才發現這是一場廢物再生的服裝展覽會，一會兒是在背心上滾上一條藍色塑膠垃圾袋的邊，一會兒是將粉紅和黑色的垃圾袋交叉，再撕開袋子的下部，穿在身上成了一件下襬四射有形有款的裙子。

這一場服裝表演會，一共展示了十二套衣服，因為是再生的材料，所以估計沒有花費太大的金錢，但是其中的設計巧思和手工縫製、拼湊合併的前置作業，以及號召同學們與她合作排練所花費的精神，可不是這短短的五分鐘所能道盡的，再加上同學們本身就有形有款，使得這場再生服裝會簡直是一場華美的視覺饗宴。

表演結束時，設計師照慣例出場致意。設計師是模特兒裡的其中一人，留著齊耳的短髮，旁分的髮絲稍微蓋住一邊的眉毛，小巧微黑的瓜子臉蛋透著一點叛逆，身材高䠷而瘦削形骨似山際的稜線。她踏著輕巧的步伐從台後走向台前，當成排的模特兒轉身向她拍手致意，她面向觀眾彎腰鞠躬時，全身綻放著自信與驕傲，那氣勢彷彿向世界宣告，青春才華無敵。

最後的壓軸節目由校園裡的搖滾樂團共同演出，他們陸續搬出鼓、電子琴和身上背的電吉他，看來一場熱門搖滾嘶聲吶喊的瘋狂表演又要開鑼了，台下早已經有眾多女生拿著相機準備攝取台上偶像的身影，剛才那些在台下還有些青澀臉孔的孩子，躍上了舞台卻不慌不亂，一副全然操之在我的模樣。

台下聚滿剛表演完節目的女孩子們，臉上還留著之前在化妝室鏡子前仔細描畫出來的妝，那一筆筆勾勒出來的鮮艷的色彩，在年輕的臉龐上煥發出成熟的氣息，女孩們拿著精巧輕薄的數位相機，隨著音樂的律動擷取她們心儀已久的男同學身影，就像搖滾演唱會中常會出現的追星族，眼睛發亮的看著台上的偶像。台上一個背著電吉他的俊秀男生，簡直就是少年偶像團體的翻版，彷彿知道許多女生將熱切的眼光投向他，卻是害羞的低頭側臉偏向後台，躲避著鎂光燈的照射。

「他們都是大人了呀！」我不禁想到，我的孩子有一天也會像他們一樣，女生開始關心流行的化妝術，想知道最新的流行衣服，男生會交換電玩遊戲的最新資訊，比誰的設備新、誰的運動強，尤其在這個同學來自不同國家不同地區百花齊放的環境裡，該如何面對一天天長大的孩子們，讓他們度過或許驚濤巨浪也或許孤僻自守的青春期？

友人說：「學校同學都是在多國文化環境裡取得包容和溝通，如果沒有互相體諒理解的態度，那麼以後不論到哪一國去生活，都會有衝突的情況發生，更不要說融入社會了，還是用開闊的心胸對待多元文化吧。」

我想到以前參觀故宮的「天可汗的世界」展覽，唐代的文化和民族自信心，讓當時的子民有更多的機會知道，世界上原來有孔雀這般色彩繽紛的動物，能夠吃到好滋味的番茄，看到生活習慣不同的高鼻藍目的異域人，聽到胡笳聲聲悲的塞外音樂，文化的多元性和兼容並蓄，促使唐代展現既生動活潑又豐富多采的盛事。短短四個小時的文藝週，是一種多元的展示。生活中沒有衝突並不代表太平，只有在不可能沒有的糾紛與不平中測試兼容並蓄。

文藝週的絢爛驚奇與跌宕美麗的表演，讓參加過許多學校表演活動的我感到訝異與歡樂，看著欣然參與和一旁支持的老師們，以及拿著相機在台前攫取孩子身影的家長們，我想，就讓我們像天上的雲朵一般，安靜微笑的看著多元的土壤，讓無論在台上淋漓盡致的表演或台下尖聲喝采的孩子，能開成一朵朵美麗且各有姿態的花。

外灘

人情如蠶絲

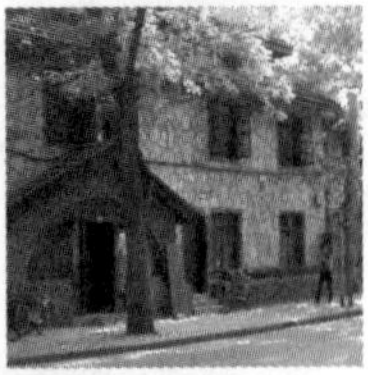

有這麼一家台灣小吃餐廳出現在我們家的周邊，不但有滷肉飯，也有擔仔麵，更有上海本幫菜以及四川菜的多樣組合，這對想念台灣小吃以及距離不遠的我們來說，是最理想不過了。於是，剛到上海的那一陣子，只要想到最快最適合的餐廳，就是這家台灣小吃店了。

我們一家人拖老帶小的進得店裡，一口台灣話馬上吸引了坐在前桌的男人的注意，我聽到一個熟悉的台灣口音在我穿梭過那桌的時候飄進我的耳裡：

「這個是大老婆。」

我聽了以後心中暗自冷笑，平常我一副披頭散髮、衣著凌亂的黃臉黑眼圈模樣，今日不過把紅色緊身上衣穿起（其實衣服緊身是肉太多所致），倒能顛倒旁人且需要注明標識一番，到底是悲還是喜？

待我們吃得酒足飯飽，肚大如鐘、舌頭滿意的嘖嘖有聲時，卻見那操台語的中年男子對我們含笑致意，女神龍老媽（此稱號乃上海一台灣友人給予）逕自走向那名男子，開始用台灣話跟人家攀談了起來。

原來他是這家店的老闆，姓王，自始至終我們都只知道他叫王老闆，王老闆性格豪爽，個性和大部分的台灣同胞一樣熱情有勁，講起話來知無不言、言無不盡的親切極了。老媽看到這位有些草莽氣質的王老闆，就像看到在台北樣貌狀似打虎武松一般的老弟，愈看愈歡喜，愈談愈投機，但是礙於人家還在做生意，實在不好占著桌子又扯著嗓門胡聊，只好先行離去。

就這樣去了四五次，總會碰到王老闆兩三回，在上海的我們舉目無親，許多資訊的取得也不是那麼容易，碰到王老闆後總會請教他，上海人怎麼樣啦，阿姨怎麼請啦，工錢給多少啦等等的問題。王老闆總也秉持著一貫的耐心與愛心，從阿姨挑選到家裡應該買個保險箱放置財物以防宵小，到阿姨的「暫住證」問題……等一下，什麼「暫住證」？

「你請的阿姨如果不是上海人，而是外地人的話，就要去醫院做健康檢查，辦健康證明，然後再去派出所那裡辦暫時居住在上海的暫住證。去年十月一號以前就大批的抓沒有暫住證的外地人，抓了好幾千人，送到離上海三百里以外才放掉。」王老闆說。

王老闆將他的多年經驗一分錢不收的告訴了我們，看女神龍母女倆乃純正新鮮剛運到上海的台巴子，又一臉純眞可愛，完全不知上海灘之險惡，善心一發就把遊戲規則統統告訴我們，有時，又見女神龍年紀稍大，有聽沒有懂，或是答非所問問非所答的胡亂應話：

「啊？那個暫住證是我們愛辦ㄟ喔？」

「姆是啦！那個是叫你們阿姨去辦ㄟ。」王老闆說。

「喔，嘿阿姨愛去都位辦？」

「就是愛去派出所辦啦。」王老闆苦口婆心的講著。

「啊？是要證明啥？」

女神龍的「魯」工一流，令王老闆不得不展現極大的耐心，又見其女兒台媽我亦只管追著滿地亂跑的一雙稚子且自顧不暇，王老闆也只有一邊擔憂的皺著眉頭，一邊不厭其煩的重複回答女神龍的問題。

自此以後，我們經過這家餐廳，總要探頭張望一下，看看王老闆在不在，好像看他鎭守在店裡，我們的心才比較安些。有時去餐廳裡吃飯，沒看到王老闆，女神龍總要問那些已經認得我們的服務生，「王老闆不在啊？」

後來才知道，王老闆在蘇州還有餐廳，蘇州才是他的主力戰場，也是他日後想要養老的地方，原因是蘇州的朋友多，王老闆的個性五湖四海，又喜歡和朋友爬黃山遊三峽的，加上他爲人豪爽，來大陸的時間也久了，對於台灣，他倒沒有太多的眷戀了。

「現在我連台灣的報紙也不愛看了，每天政黨吵來吵去，媒體之間，一點芝麻蒜皮的小事都可以吵個沒完，一攤開台灣的報紙就令人心煩。人已經離那麼遠了，都希望家鄉能夠多給我們一些美好的感覺，讓人覺得出來那麼久，還可以感受到家鄉的溫暖和持續成長，可是反過來說，人已經離那麼遠了，還是給我們心煩意亂、看不到明天的感覺，那不是更令人有無看好了了的想法。」

「上海我不喜歡，太吵，交通空氣都不好，反而是蘇州的環境和氣氛以及人的素質都比較好，距離上海也不遠，而且那裡的一切都比較有規矩，不大亂來，我在那裡買了房子，準備在那裡養老了。」

那麼台灣的親人呢？

王老闆最放心不下的還是父母，不過台灣有兄弟照顧，還算可以，至於家庭，王老闆並沒有著墨太多，我們也不好意思多問，只是女神龍仍然改不了老人家的理所當然的關心，還是問了一句聽起來既裝傻且露骨的話：

「王老闆你結婚沒？」

一句話問得王老闆嘴裡的茶水差點淌了出來，他用手背抹抹嘴角，一向豪氣的他嘴皮子抖了兩下，又急又不知如何對大法官解釋般的說：

「我、我都快五十歲的人了，怎麼會沒結婚？」

女神龍見他如此急切的爲自己解釋，隨即乘勝追擊，打鐵趁熱的問到心中最想問的一句話：

「大陸的小姐都很漂亮喔。」

女神龍的司馬昭之心，王老闆焉有不知的道理。

「如果要的話，那是很多很多的啦，就是看你自己要不要，我都已經來十年了，如果要，早就有了，不用等到現在。」言簡意賅，你們母女倆應該知道我的意思了吧！

與王老闆的一席話聽得我們深表同意，殊不知女神龍此時腦子裡又靈光乍現的對著王老闆說：

「王老闆你們蘇州的蠶絲被很好喔，我現在感覺上海這麼冷，你看是不是蓋蠶絲被比較好，要買幾斤的才夠暖？」

我眼皮一翻不能置信的看著老媽，果不其然在家裡講了半天的、令人難以啓齒的話就要出現了嗎？我們和王老闆不過聊了兩三次而已，人家連我們姓啥叫啥、家住哪裡都不知道，就要……

「無安捏好啦！」我可以預想到這句話後面的句子，趕緊把臉偏向一邊，假裝看馬路。說時遲，那時快，此時女神龍毋庸置疑的、快人快語的拍板定案：「王老闆你幫我帶三件五斤重的被子，還有一件要加大型的，好唔？」

我很沒用的，再轉頭假裝看著遠處在玩的孩子們，不忍心看這齣悲劇就要發生，果然王老闆應聲說好，並且認眞的和女神龍研究起來，加大型的那件被子應該要多一些蠶絲才夠暖，不然就用六斤好了，由於王老闆在蘇州長期居住下培養的人脈，工廠拿出來的品質絕對是眞正的蠶絲，論價格，王老闆做了個砍的手勢，「是市場價的一半。」王老闆說。

「要不要先給你錢？」女神龍問。

「無免，等我拿回來再給啦。」王老闆言。

於是，我留下了一支手機號碼，就憑一句話，定了。

回到家，我跟老媽面面相覷的坐著，對剛才的遭遇覺得有些不能相信，雖然王老闆是這樣眞誠的人，雖然王老闆做人是如此的豪邁，可是，人家憑什麼要幫你們做這種義務的不賺錢的事？非親非故的，況且人家也有生意要做，哪有這種閒工夫幫我們跑來跑去的呢？王老闆就沒懷疑過我們會不會到時候貨到了卻不去拿呢？那這三床被子不就白弄了，就一支電話號碼代表什麼？能有什麼作用？

女神龍老神在在的含笑而言：

「不會的，王老闆的人不會隨便答應，伊若答應就會做到。再加上我們說話做人一看就知道不會白賊，王老闆哉哉啦。」

兩個禮拜後的一天晚上，王老闆第一次call我的手機，他說被子已經拿回來了，價錢告訴我們，我們就依約去拿。

王老闆的報價比起老媽之前參加的蘇杭旅行團被帶去買的蠶絲被足足便宜了一半以上，王老闆含笑將蠶絲被套打開給我們看，裡面的蠶絲就像一張張綿綿密密的網一層層地覆蓋著，觸手綿密，絕對沒有別的成分，母女倆感謝之至，對於笑起來像彌勒佛的王老闆，除了感謝還是感謝。

不知是王老闆個性使然，還是不放心見我上有老母下有幼子卻一臉的糊塗像，王老闆還說加大型的被套需要訂做，問我知不知道哪裡有布料可以買，哪裡可以找裁縫做？我實在怕女神龍做事應力求周延的個性又出現，也不敢再麻煩人家連聲說知道，就聽女神龍跟他討論七呎八呎長的也可以「揮」很久，又看餐廳生意正忙，我們也不好意思停留太久，於是便拎著被子回家了。

回到家，小吳的利眼就掃描到我們手上亮晃晃的被子上了。

「買被子啊！」她說。

這回女神龍可神氣了，臉抬得高高的，語氣中帶著滿滿的自豪，好像剛從奧運會得了三塊金牌回來似的：

「這個被子是我們台灣老鄉幫我們訂做帶回來的，人家是老闆哩，還從蘇州那裡花時間幫我們買，他連錢都沒給我們收就答應了，留給他的手機電話他一次也沒有打，買回來才打的，你看，我們台灣人就是這麼講信用，就是這麼的好。」

任憑小吳多麼的精明多疑，這下子也不能不承認說：

「是的，這在我們大陸是不可能的，就算是好朋友嘛也要先收一半的訂金才算數。」

其實，大陸地大人多，來自各地的外地人讓當地人也有所戒備與非議，所謂的省籍情結在大陸根本不足爲奇，對於陌生人，人們當然會保持較爲高度的警戒心，否則，任他跳上一輛開往外地的班車，再要找人，就像大海撈針般困難，這些都是我能理解的，小吳所言，其實才更貼近現實社會。

但也就是在現實社會中鮮少出現的這份眞誠與溫情，王老闆對我們的信任與幫忙，是在異地生活的我，深深覺得感謝的地方。

當時序進入農曆九月，天氣漸漸涼爽了起來，我將蠶絲被從櫥櫃中拿出來，觸手綿密，質地輕軟滑溜的被子攤展在涼風中，讓縷縷編織的蠶絲慢慢的在網中舒展，慢慢的舒展下，原來輕薄的蠶絲被也比拿回來時蓬鬆了一些，晚上睡覺時覆蓋在身上，那輕若無物的感覺總讓人覺得重量不夠得有點擔心不夠暖和，一陣子過後，蠶絲像張輕盈的網將我包裹住，並且由於柔軟，整條被子會將身軀貼得一無隙縫，原來以為這看似輕薄的蠶絲卻在低溫中慢慢釋放它的溫暖與透氣性，絲毫不覺蠶絲被外的冷空氣，難怪人們對它趨之若鶩。

冷夜裡，能夠擁一張溫情與蠶絲交織而成的暖被入睡，讓我深深的感受到人情如蠶絲的幸福。

浦東的辦公大樓

樓市萬歲（上）

二〇〇二年上海的房價又攀升到一個新高點，對許多上海人而言，這種房價已經不是一般的薪水階級所能負荷，看著一幢幢動輒上百萬高達三十層的樓房，常常只有望樓興嘆的分。

樓市的大好，除了上海本身就是一個正在蓬勃發展的大都會之外，中辦世博成功，更爲房市添加了利多的消息，房產商見未來大勢看好，自然不能放過這樣的炒作機會。大樓像雨後春筍般的矗立在各個地方，以前讓上海人譏爲鄉下的地方，如今隨著大樓的蓋起，早已沒有明顯的鄉土可言了，有的是新開發的好地塊的相繼出現，這樣點「土」成金的例子，時時刻刻在上海的每個地方上演著。

我住的小區，被當地的上海人稱爲房型很好的小區，戶戶朝南且房型方正，大小適中，眼看著小區裡正在施工的三期工程的開發建造，這陌生的房產市場，又勾起了我的好奇心，雖然還沒有在上海安家的念頭，但是，對這麼一個新興的市場，眼看它樓起了，便想從房地產的方向，來了解上海的發展，房地產是經濟的火車頭，乘著這個火車頭沿路欣賞四處風光，應該能夠有所收獲吧。

眼看售樓部正在施工裝潢，我按照廣告上的銷售電話打過去問，得到的答案是：

「房子已經賣完了。」

「有沒有搞錯？售樓中心都還沒裝潢好，就說房子賣完了，那些忙進忙出的裝潢工人幹麼還在張羅售樓處？」我心裡奇怪的想著。

找到物業管理處問，哪裡可以買三期的房子？那個小青年給了我一個開發商的電話，要我去問問看。

打電話過去，電話轉了又轉，接到一個管辦「房產證明」的小姐手上，她說：「房子都被訂光了，已經沒有了。」

我不服氣的問道：「真的都沒有了嗎？那他們怎麼訂的，有付訂金嗎？付多少訂金？」我心想：「房子都還沒蓋好，連房子長什麼樣子都不知道就定了，天底下哪有這種買主？」這真是滑天下之大稽。

可愛小姐嬌俏聲音的從電話筒那裡傳過來：「沒有付訂金，只是有打電話來預定。」

我深怕她又像售樓處的人一樣不等我說完話就掛斷電話，趕緊很「誠摯」的跟她說：「小姐，是這樣的，我是境外人士，我也想買一套房子，你可以幫我也預約一套嗎？」

小姐很爲難又有些遲疑的沉思了一下，在電話筒傳來的紙頁翻動聲中，她終於很慎重回答我：「這樣吧，我看二十五樓的B室只有四個人在排，那我就先幫你排在第五位，希望會比較大。」

在我的萬分感謝聲中，輾轉多日的詢問下，我以不知排行第幾的身分，終於登上了樓市觀察員的列車。

但是，對於這樣的結果我並不是很滿意，因爲如果有人身上揣著大筆的鈔票也沒辦法進入預售屋的體制中，那麼，購房者永遠買不到自己心中理想的房子，這個體制的運作上是不是有很多令人存疑之處呢？

一個禮拜六的早上，裝修多時的售樓部終於有穿著西裝筆挺以及套裝窄裙的銷售員出現了，卻是一幅大家排排坐、門可羅雀的景象，他們完全沒有翹首期待的神情或是熱情笑意漾滿臉龐，卻像是公營單位裡的公務員，雖然身穿剪裁良好，款式新穎的套裝，但是，從他們行走的腳步和肢體的擺動姿勢看來，他們的心態是被動的。

不知道是我那天穿著的衣服不夠亮麗，還是一頭隨風亂舞的蓬草髮絲被風颳得滿臉雜亂，甚或是連門口保安都看得很不以爲然的腳上那雙在台灣最愛穿、全上海人裡找不到第二個人穿的懶人拖鞋，我一開口問要買房子，妝化得很時髦的長髮小姐倨傲（眞的是「倨傲」兩字才足以形容）的抬著臉告訴我：

「房子賣完了。」

可憐的我很不知所措的亦很誠惶誠恐的退出了售樓部，連售樓部都這樣說了，我還要打探什麼消息，人家眞的有房子還會藏著不賣嗎？生意不會這樣做的，我開始相信，樓市太旺，房子眞的沒了，不用再多想了。

回到家正在樓下等電梯，我對看電梯的上海阿姨打了個招呼，上海阿姨一貫挺著胸膛很有派頭的坐在椅子上，她永遠只跟住在樓層裡的上海人聊天說好，管起大樓裡打掃的工人，或是外地來裝潢的工人從來都是不假辭色，罵起人來操著高音階的上海話，眞是俐落強悍得緊。趁著等電梯的空檔，我主動問她：「這後面正在蓋的樓盤好像都賣完了。」

阿姨老練的說：「是賣完了呀，好多人預定的，一戶可能要賣兩百萬喲。」

我瞪大了眼一副不可置信的樣子，「這麼貴還賣得這麼快呀？還沒蓋好就被訂光了。」

那上海阿姨看我這樣百思不得解的樣子，屬於上海人的聰明世故與驕氣讓她不得不對我多做些解釋：

「這個樓盤曾經到香港推動過，你說境外的樓盤那麼貴，花在上海的這點錢只不過是毛毛雨，誰會買不起。」

她看我聽了還沒要走的樣子，又一直在喃喃自語的說著原來的話：「那也不可能就這樣訂光了呀！」或許是我那副執迷不悟的樣子讓她感到生氣，她居然抿著嘴，操著尖銳的普通話對著我說：

「笨啊！那些預訂的都是有關係的嘛。」

「是喔。」我說。

原來剛正不阿的直線思考被阿姨指點了一下轉了一個彎，我突然懂了這其中的奧妙，嘿嘿嘿，我和阿姨一起共犯般的笑了起來。

第二次去售樓部，我穿得美妙了些，頭髮好好的攏在腦後，鞋子換了一雙流行的尖頭鞋，有一位戴著金邊眼鏡瘦而斯文的中年男子迎了上來，他的普通話裡帶著些微的上海腔，是那種講起話來不慍不火讓人貼心的上海男人。

我斯文的開口，問的永遠是一樣的問題：「請問你們這裡還有房子嗎？」

「訂得差不多了，不知道你想要多大的房子？」這位先生名片遞過來，姓王。

我看他一臉和善，雖然年紀有點了，但是說話並不驕傲，並且好像對我有些善意，或許是今天我的外觀有些改善了，看起來比較像個金主了。

在碰壁多次之後，我就像在大海中找到了一塊浮木般的，語氣詭譎地對他滔滔不絕了起來：

「我上次來，你們裡面一個頭髮長長的小姐就跟我說沒有房子了，沒有房子還開售樓部幹麼，那她還來這裡上什麼班？而且我知道，你們的房子都賣給重要人物，我住的樓裡就看到好多有派頭的人，所以都沒房子了嗎？」

本人言詞之敏感直指問題核心，語氣之尖銳直逼人倒退，講話速度之快直讓王先生臉上的皮絲絲抽動，王先生不愧是個有深度的人，他對我的這番猜測全都不急於否認，而是不慍不火的解釋給我聽：

「是啊，有時候嘛賣房子是要用點伎倆，你看有些樓盤說買樓的人徹夜排隊還買不到房子，或是一下子就被搶完了，這是有騙人的廣告存在的。」

王先生說話還算平實，對我這樣單刀直入的詰問，並不打誑言。只是我仍然緊追不捨的問他價格會定位在多少，他說：「均價會定在一平米一萬兩千塊左右。」

哇！眞是貴，樓上一個香港人在兩年前買的時候不過六七千塊，兩年後就要翻倍賣了，這樣級數跳翻上漲的速度，讓我聽了眞是忍不住的要反駁他：

「上海市政府建設局常常在報紙上說房價要抑止，不能太高，到時候泡沫化就麻煩了，結果你們居然帶頭炒房產，這樣公然的和政府立場作對，你們不怕外面的人議論紛紛，所有做房產的人都在看你們的做法，你們都不知道嗎？」

王先生的深度近視眼在鏡片後面轉了幾轉，他或許在想：

「這個女人是不是眞的要買房子？如果是的話，她會不會問得太多了？如果不是的話，她講這麼多話是準備來『倒漿糊』的嗎？」

他還是好脾氣的說：「市場有需求就有供給，我們是獨立的私人公司，要自負盈虧的，價格決定在市場，如果買房子的人嫌貴不買，那麼我們就要承擔虧損，但是，我們已經核算過了，該賺的我們會賺，不會亂斬人的。」

眞的是這樣嗎？對陌生的上海房地產業，我根本是個門外漢，完全靠硬闖硬碰的方式進行接觸，到底誰的話可以相信呢？如果不相信，那又能怎麼樣呢？

我的半信半疑在我遇到唐老師以後，所有的疑問都得到了解答。

樓市萬歲（下）

不知是幸還是不幸，由於我的無所事事以及好奇兼憨膽，我對進出小區都會看到的售樓部投注了許多關愛的眼神，這樣空空蕩蕩的售樓部能賣出多少套房子，實在令我不解，我一有關於樓盤的問題就要進去找王先生請益一番，以表示我對樓房的關注與購買欲。售樓部和工地裡的人可能對穿梭在這裡面的我並不陌生。

就在我又一次踏進售樓部的時候，王先生正好和一位面色清癯且看似莊嚴的中年女性用上海話交談，基於想知道他和上海人講樓盤的說法和我的有無出入，以及喜歡學上海話的心態下，我很自然的靠向他們。

「都勒咪發搜，儂都勒咪發搜西西……」

果然令人難以理解，但是我還是聽懂了一些，並且還熱情的幫王經理說了一些好話，我說：

「廁所要那麼大幹麼，你又不是每天待在廁所裡。」

那名女士回頭看了我一眼，繼續用上海話講她對房子的意見。

由於本人稍具語言天分，雖然她沒理睬我，我還是又聽懂了一些，這次我幫這位女士解答了她的疑惑，我說：

「你買的五棟十樓在下午一點鐘的時候就沒有陽光了，因為被我住的大樓擋住了。」

這下子她不能不停下來認真的和我討論起來了。上海人是這樣的，他若不想和你講話時，你講的話他都可以當做沒聽到，但是一但他覺得你可以交談時，那話匣子一開之滔滔不絕和想法之多，會讓人覺得跟他們聊天是一件很好玩的事。

唐老師並不是因為她以前當過老師而如此稱之，這是上海人對學有專精或是年長的人的一種尊稱。她的購房經驗充滿了懊悔與追憶，因為她的先生是學術界的菁英，所以兩年前我現在住的二期大樓正在建的時候，唐老師自然而然的取得了優先認購權。

「那時候一平米才七千五，而且銷售員幫我訂的是十九樓高的房子。」她說。

「但是我那時候並沒有買，我並沒有下定決心，一個機會就這麼沒有了。」唐老師一臉悲憤與往事只能追憶的無可奈何。

「我家裡的男同志已經批評了我一年多了，他批評我的猶豫不決，搞得現在得買貴了一翻的房子，這次我絕對不能再錯過了，而且，他根本不跟我來看樣板房，怎麼勸他都不來，他說他才不看呢，就是要我自己做決定，自己負責。我看你對這整個樓盤挺了解的，你說說看這三期的優缺點在哪裡？」

我哪裡是什麼專家，頂多就是住在這裡面，可以多觀察觀察罷了，我只是對唐老師很有興趣，她怎麼會把老公叫做「男同志」呢？把責備叫做「批評」呢？

但是，我還是盡我所能的把全球的趨勢和港台的情報彙報給唐老師（其實是胡言亂語一番），唐老師聽得兩眼發光，但是我最後下了一個結論，就是，建商開得價錢實在太高了，原因就是因爲有唐老師這種內定人士非買不可的心理，讓他們穩穩的賣出三分之一就回收成本了，所以他們根本不會降價銷售。

唐老師說：「我也曾經到他們老總那裡問過，我很直接的問他爲什麼價格開得那麼高，他也直接的告訴我，民間企業就是要賺錢，不賺錢公司怎麼營運呢？你看，他都挑明講了，我還能說什麼？」

與唐老師的一席話讓我了解到，有時候市場的機制和現行的體制並不是我們這種「涉世未深」且毫無背景關係的台媽所能體會的，唐老師能夠有內定的資格並能夠透過關係跟老總講話，這些顯然都不是我所能touch到的。

我倆在談話結束後，因爲理念相同與環境互異所產生的強烈需求，彼此在寒風中留下了電話，約定有任何問題都要互相聯絡，並且互通有無。

於是，一向意志堅定，但碰到購房等人生重要交易與抉擇時卻會猶豫不決的唐老師，就會和旁觀者清且時間多得不得了的我，常在電話裡討論哪個房型好、哪個樓層好，並且揣摩建商的心態、銷售員的態度以及所有和房子有關的景觀問題。只是我並不知道，唐老師會將這些心得向售樓部的王先生反映。

終於有一天我接到了從不打電話給我的王先生的電話，我以爲他終於要鬆口勸說我買房子了，結果卻是語意委婉的說：

「唐老師的先生是專家，十六大的時候他還到北京參加，他的成就是很高的，我們老總跟我交代過，這樣的人一定要讓他留在我們這一區，住在我們的小區裡更能夠提高我們的素質，所以唐老師內定的樓我們一定會讓她買到，是這樣的。」

我連聲說好，這樣的人才一定是要留住的，我的責任就是不要再讓猶豫不定的唐老師更加混亂，至於本人的意向，王先生好像提都沒提。我才知道，有時候你拎著裝滿錢的大麻袋要去買房子，可能都買不到，買到的也可能是人家剩下來的比較差的房型，或者是價格更貴的房子。

於是，我和唐老師的話題也只好轉移到價格來了，唐老師這位內定人士問了半天的房價也問不出所以然來，總說是均價一萬兩千塊。問題是，樓層房型有別，人家要買房也總要給人家一個具體的價格吧！終於在公開售樓前的一個月，王先生才透露這千呼萬喚始出來的房價：人民幣一一八五〇一個平米，此乃唐老師心之所屬的樓層價，並囑咐唐老師和老是糾纏著售樓部的我，絕對不能告訴第三人。

唐老師一臉堅毅的並不意外的接受了這個價錢，她秉持著絕不讓悲劇重演的精神，毫無異議並且任重道遠的承擔著。

「這是我自己找的。」她對我說道。

我買故我在的悲劇英雌角色在她身上顯露無遺。

價格定出來了，唐老師的準備工作也算告一段落，她是穩坐巴黎花園的樓主席位，自備款也早在一年多前就準備好了，接下來關心的可能也就是把嫌廁所不夠大、木板的用料不夠高檔的小問題在心中消化消化也就算了。可是，天有不測風雲，就在她接受一切的同時，王先生又有消息出來了。

總公司因爲太多的內定人士在那裡吵鬧不休搶著要做樓主的同時，並參照市場的價格行情，決定上次報的價格並不能成爲定案。

「那到底是多少錢？」我和唐老師異口同聲問道。唐老師用冷靜堅決的聲調要求了解，我則是在旁邊喊得比唐老師還要激動。

王先生面有難色的指了指銷售部裡的銷售經理，請唐老師自行詢問吧！我看她一臉的無辜與無奈的同時，心裡也懷疑這到底是什麼樣的銷售手法，離公開售樓的日子只剩下一個星期了，價格上居然又有變動，不怪唐老師面色嚴峻，連我都很懷疑建商的想法。

唐老師坐在售樓部的椅子上，耐心的等候經理詢問價格，那經理手上拿了一個file夾，往唐老師的眼前一指，唐老師也不吭氣，心裡兀自盤算著，並且再次確認上次的價格。經理又趕緊過去招呼別的客人，唐老師就這樣「要得到個說法」的坐在那裡等了將近一個小時，最後，還是王先生要她先回去吧，言下之意，經理是沒時間跟她解釋公司的說法了。

唐老師回到家急電予我：「你知道嗎？樓價又漲了！」

她著了火似的講著，我問她，到底漲了多少？

「漲了三百塊，一平米又漲了三百塊呀！」

「那不是變成一二二五〇啦！」我說。

「是的呀！王先生不好意思跟我講，要我自己去問銷售經理。」唐老師說。

接下來兩個人又是罵又是唉的悲嘆著可怕的開發商這樣子開價錢，我問唐老師：「還是要買吧！」

唐老師仍然不能釋懷卻又不得不硬著頭皮承擔這個結果的說：「還是要的呀！」

我不禁暗暗的佩服開發商的手段與伎倆，把消費者的胃口吊得半天高，姿態還擺得老高，一副多得是人買的樣子，等釣到了買主，在銷售日前才又抬高價格，讓買主不得不低頭。可憐的唐老師雖然是建商亟欲拉攏的客人，卻還是得跟著建商起舞，因爲建商已經看準了買家的心態了。

十二月三號是上海獲得申辦世博會主辦權的重要的一天，全上海的報紙都印得「紅啪啪」，整個城市都在辦喜事般的歡欣鼓舞，我卻在想，利多出盡的建商此時要怎麼對買家製造出更多的話題。

十二月八號是唐老師拿著兩萬塊訂金到售樓部的重要日子，僅僅隔了五天，唐老師的樓主地位又一次的深深的受到了打擊。隔著透明玻璃，我看到唐老師凝重的蒼白臉色，原來應該是唐老師歷經一年多來的懊悔，以及近兩個月來的堅定信念才等到的大喜簽訂之日，臉上應該是紅孜孜的快樂，滿心歡喜的迎接新房來到的未來，怎的又突遭重創的一臉

「屎面」？

唐老師後來又打電話給我了：「你知道嗎？他們又漲價了，我原來把總價都算好了，結果他們跟我說價格又不同了，又漲了一百塊，變成一二二五〇一平米了。我當場坐在那裡一句話不說。」

「我自找的。」唐老師恨恨的從牙縫裡迸出這句話，其聲如撕裂的布帛，其心亦滿布瘡痍。

但是唐老師語氣一轉，突然用完全釋懷並且雨過天青的愉悅心情繼續說著：

「可是我是很能自我平衡的，我第二天就想清楚了，反正這套樓我是要定了，你想想啊！我已經等了這麼久了，我就是要定這套房子，如果我現在縮手了又不要，那我就是白等了這些日子，再說，我如果不買的話，那排在我後面的那些人不要高興死了，他們一定馬上接手。我是很會自我平衡的呀。」

唐老師這些日子以來經歷了期待與不確定，安心篤定，驚訝不敢相信，然後憤怒，最後頹然認同，進而坦然接受這種明知受人為因素操縱的「宿命」，我同情唐老師的遭遇，以及冷眼看著建商的伎倆之時，相對於我的冷靜以對，恐怕換來的是永遠買不到的房子，以及房地產業的訕笑吧！

低矮黑舊的老公房紛紛拆遷剷平，新的大樓在短短的時間內取而代之的兀立在街道旁，眼看它樓塌，眼看它樓起，我只能說：

「上海樓市萬歲！」

上海身材高䠷、塗脂抹粉，很時髦的女警

大老婆的一天

在街道上你會忽然聽到一個極熟悉的台灣口音從耳邊飛逝而過。有時候在書店裡買文具，你看到一個頭髮稍微粗黃、腳踏懶人鞋的女人，操著台灣口音，帶著孩子尋找其實她也不很懂得的參考書；或是在餐廳裡一家大小難得週末聚在一起出外打打牙祭，他們的口音讓你聽了很容易就知道他們從台灣來。就在這樣大大小小的場合裡，我認識了幾個台灣太太。

「什麼時候來到上海？」「來上海多久了？」這是例行的開場白。「剛來喔，那就是新生啦，菜鳥啊。」我只有咧開嘴傻呼呼的笑，並且謙恭以對，誰讓她們都是老前輩呢。

我跟隨著她們各色人等各種個性的腳步，慢慢的尋找與她們相近的軌跡。有一次，人生地不熟的我任由她們帶著孩子到泳池邊，正在認真的想是不是也該請個游泳教練教孩子們游泳，突然看到池邊另一組人馬，熱鬧活躍得緊，我湊過去一聽便知又是一群台灣媽媽們，我與她們攀談，她們也熱情的回應我，在得知其實我也是常常一個人帶著兩個孩子在上海，她們齊呼：

「啊，那跟我們都一樣，算是單親家庭啦。」

我聽了眞覺得親切，台灣爸爸們以上海爲根據地，在中國各地飛行做生意洽商考察工作，對於家中的妻兒根本無暇顧及，能知道小孩子念幾年級就算不錯了，遑論孩子的課業甚或課外娛樂爲何。而這些把辛苦當作吃補的台媽們，也只有將照顧家庭的棒子接下，對台爸們的忙碌寬容以對，剛開始或許無聊且無奈，但是在取得平衡與認知之後，可以自嘲且認清的說出「單親家庭」，確實有過來人的體會與諒解。

我們的孩子讀同一所學校，本來就有相同的話題可談，談到各個學校的差異性時，每個人都有不同的解讀，就在意見與情報的交流下，你可以看到她們的生活重心都集結在孩子身上，學校的課業如何追上，或是課餘的藝術與體能鍛鍊，休閒時候的上海近郊旅遊，孩子生日會的活動計畫，學校的教學目標和品質有沒有符合要求等等話題，聽了眞是令喜歡在城市裡冶遊的我感到汗顏。我只知道孩子幾點上下課，在學校裡做什麼活動、考幾分，以及學校有沒有發生什麼新鮮事，倒不知道哪門功課該怎麼念哩。

陽光金燦的大好時光，接獲熱心的前輩們的電話召集，相約在古北的Starbucks店前集合，大老婆們要來一場「憶苦思甜」大會，其實也只是大家夥聊聊近況或是傳遞資訊。幾位來上海較久的朋友，將好幾本《移居上海》雜誌拿出來傳閱，這本由台灣人在上海發行的雜誌，討論許多台灣人關心的在地問題，包括生活上食衣住行育樂的資訊，以及在上海打拚的甘苦談，內容豐富翔實，算是一本進入上海的指南吧！

其實，這憶苦思甜大會，不也是一段移居上海的篇章嗎？

待大家在二樓坐定，才發現，聚集在上海的大老婆還眞不少，除了我們這兩桌不化妝頭髮有些散亂的台灣女人們，與我們遙遙相對的還有兩桌金髮、棕髮等各種髮色的歐美大老婆們，精神奕奕的圍著一個大長桌，又笑又拍手的聊著天，而坐在店的另一頭的兩桌應該是韓國大老婆，沒有日本女人們出門時的精緻修容與講究衣著，但是該塗口紅的也塗了，該紋眉紋眼線的也沒少過。在星期四的非假日時段，除了儀態端莊年華稍減的大老婆們，誰還能如此怡然的聚在咖啡廳裡消磨時間呢？

大家各自談論著身邊的事情，最主要的當然是孩子的生活課業問題。孩子離開台灣欠缺友伴，要幫他們找朋友，所以媽媽就得看看有沒有住在附近的同班同學，個性、話題比較相投，常常約出來一起做報告或是一起運動，感情更好時，媽媽們也可以藉著孩子的互動聯繫感情，彼此間能夠有所關照，若是談得投契，假日裡幾個家庭一起結伴出遊，不但孩子有伴，媽媽也有伴。這個時候，爸爸通常不會被計算在裡面，因爲要等到所有的爸爸都有空是很難的事情，媽媽們也樂得自行組團出遊，人多膽子自然大，到哪裡都不成問題。

孩子常常是討論的話題重心，除了人際關係朋友交往之外，在上海這個人文與商業並重的大城市中，若不讓孩子多學些才藝那眞是太可惜了。畢竟在台灣的才藝學費都不便宜，而上海的音樂師資普遍比較強，能因地利之便培養些興趣，也算是給孩子的一種陶冶，鋼琴、小提琴、書法、畫畫，師資的尋找以及價錢、地點，都可以互通消息。只是台灣媽媽們對才藝的觀念一般都是培養興趣即可，這個態度和上海媽媽們認爲學習要看到成效的觀念就有很大的不同，所以，當小朋友抱怨老師要求的嚴格的時候，台媽們通常會反思這樣學習會不會太累了，只是興趣嘛，何必搞得那麼辛苦？是以有時候要找到一個觀念一致、眞正適合的老師也並不是那麼容易。

只是台媽們也有鑽牛角尖的時候。孩子這次期中考地理考了九十七．五分，原因在哪裡？是題目沒看清楚？還是太粗心了？還是沒念到？沒念到的原因何在，是平常不夠用心呢？還是老師變換了出題的方式？於是一個電話打到學校裡，和地理老師開始馬拉松式的研究了起來，也合該這地理老師正是空檔，一聊就聊了快三十分鐘，我在一旁看得心裡只有反省的分。考這麼高的分數也可以詢問這麼久，還記得妹妹剛轉進學校的時候，我剛好接待來上海的親友，沒時間管她的功課，等接到老師的電話才知道妹妹的平時測驗抱了一個鴨蛋和三十八分回來，跟九十七分媽媽比起來，我是不是該下地獄？

咖啡喝完了，眼看中飯時間也到了，尋至一家台灣人開的素食餐廳裡用餐。這家餐廳氣氛挺高雅，不但提供餐點，星期六日的時候也會舉辦座談會，邀請一些台灣的專家講些關於適應上海生活的話題，除此之外，還供應台灣的燒酒雞或是當歸鴨套裝食材，在冰冷冬天裡煮一鍋家鄉的滋補湯頭，眞是異鄉遊子最大的享受。

台媽們都秉持溫良恭儉讓的美德，點的都是便宜又大碗的商業午餐，一如每個人的穿著，雖不時髦但也都合宜。我想到一次和一個溫州太太聊天，她說只要她那在外奔波的老公沒時間理她，或是做了些讓她「看不過去」的事情，她就花錢出氣，「五千塊的東西我也一次買下去。」她說，只要她又開始往外撒錢的時候，她先生就會多關心她一些。我說生氣就生氣，幹麼拿錢出氣呢？賺錢不容易啊！這位太太果然和台灣太太的想法大相逕庭：「有錢就是要用嘛，一直留著到不能用的時候做啥，我現在能花就要開心的盡情的花，才不想老了時候留著想用都用不到。」我只能射出讚嘆又不敢苟同的眼神看著她，對從小就被灌輸「勤儉美德」的台灣傳統觀念的我們來說，只能喃喃地說：「嘿嘿，另類觀點，另類觀點。」

飯局之後，友人陸續離席，原因是「要去上書法課了」，另一位則是要去練瑜伽健身，她們都是在優閒的生活裡試著找出自己有興趣的事物來做。原來在台灣大家都是上班族，現在生命中突然空出這段難得時間，正可以做一些原來就想做的事情，在住家的周邊找一個好的老師，專心致志的學習與發展興趣，既可怡情又能養性。友人常常告訴我，離開台灣來到上海，雖然也會想念故鄉的一切，但是能夠暫時脫離台灣既有的倫理人情網絡，在上海認識新朋友開始新生活，並且以低於台灣的費用培養興趣，發展以前想都沒時間想的生活空間，何樂而不爲呢？

朋友敘述一位先生位居要職的台灣太太，因爲先生常因公出差到各地，沒時間陪尚未生育的太太，這位太太只好找幾個朋友訴苦，一下懷疑先生有外遇，一下覺得生活好苦悶，每天不知道要做什麼才好，只是這幾個朋友都是上班族，雖然有滿腹的同情想要解開她的憂慮，但是大家也都忙，況且這種問題好像除了她自己也沒人可以幫她解決，最後是幫她找了幾個正在外頭學習才藝的台媽們，把她拖去上課，藉著上課還可以認識更多的朋友，情況才好了一些。所以結交志同道合的朋友才能拓展視野，不會侷限在小框框裡鑽牛角尖。

飯後，在上海置產的話題成了大家的重心，聚會裡有個太太手上提了一個紙袋子，買房的話題一開，這位太太就把袋子裡的樓盤廣告單一疊疊的拿了出來，據她的敘述，她研究整個古北周邊的樓盤已經有一年之久，只要在座各位能喊得出來的樓盤名稱，她都瞭若指掌，無論樓盤價格、房型朝向、小區會所與周邊的設施，娓娓道來毫無贅述。這其中，她也曾經出手過一次，付了意向金給仲介代爲洽談房價，只可惜她容易動搖且無主見的性格讓她又縮手了，這麼一蹉跎，房價節節高升也就算了，卻還是性格決定命運的不知道買哪一個樓盤才好，她將此歸咎於另一個解釋：「房子看得越多就越讓人眼花撩亂無法取捨。」但是仲介已經認定這位大款，常常電話相約去看房，所以她說：「本人平時最重要的休閒活動就是四處看房子。」說完哈哈大笑好不快樂。

用完餐後，到誰家看新買的房子如何裝修出美好的家居環境，就成了飯後的戶外活動。只見一位瘦小堅毅的太太走向一輛休旅車，其他的太太跳上車就座，瘦小堅毅太太把車開上路，駕車技術尙稱穩健，一旁的保守作風太太在行進中並且不忘提醒她，「和前面的車距離不要太近。」但是一遇到違規占據左轉車道的車輛，她就不停的按著喇叭，口中並且念著：「搞什麼鬼，老是有這些不守規矩的車。」對於我們這種沒膽在大陸開車的太太來說，她的勇氣過人，英勇程度眞是一級棒，幾番詢問之下她說：「我在台灣考到駕照好多年了都不敢上路，反而是到了上海，因爲開公司需要才慢慢上路的。」旁邊的友人並且補充說：「她爲了節省公司開支，省下幾萬塊，捨自排開手排檔，看有厲害沒有。」「而且我還是路癡哩，乀，是不是下個路口右轉？」她問保守太太道。這一席話讓初次坐她車的我聽得面有菜色，冷汗不由得從背脊上暗暗流下，本人在台灣和她的境遇一樣，有駕照開自排車還是不敢上路，也是無用的路癡一名，深知這種無能的悲哀與可怕，是以更加膽怯得快要坐立不安起來，但是眼前瘦小剛毅的太太居然能夠打破這種自身的限制，進而行走自如，也眞令人佩服的了。

「沒辦法啊！離開台灣就是要下決心打拚做出一些成績，不靠自己要靠誰？」

其實這些太太們在台灣時都是學經歷俱佳的職業婦女，來上海除了和先生一起爲事業打拚之外，也有些是延續台灣的經驗做些貿易的商業活動，看似平凡的大老婆們其實都暗藏兩把刷子，在上海臥虎藏龍者不在少數，不與之交流亦不知他們中間也有開過展覽的國畫家、設計過許多家居的設計師、曾經位居要職的公司主管，個個聰明活潑又可愛，一點也不會端架子矯揉造作哩。

我們參觀過新房子太太的家之後，熱鬧的談興隨著時間的流逝而不得不稍微中斷，保守太太很理智的提出鐘響前的警告：

「現在已經三點了，大家要稍微注意一下喔。」

無論是聚會中的新生或是舊生，不用詢問就知道怎麼一回事，大家很有默契的趕緊把要交代要做結論的事情講好，或是把杯子裡的好茶喝掉，以及桌上家鄉帶來的鳳梨酥消化殆盡，要上廁所的趕快去上，要交換資料的快點交換好。這樣磨蹭磨蹭的又過去二十分鐘，保守太太再次提醒：

「可以離開囉，大家趕緊走吧。」

一群人像是要趕赴什麼重大的會議般有志一同的趕緊起身離座彎腰穿鞋，並且在心中計算多久才能回到一天中最重要的場所，在愛的小屋裡等待放學的寶貝兒女回來。保守太太笑言：

「人家上班時間是朝九晚五，我們的上班時間才剛要開始，是從晚上五點到十點啦。」

南瓜馬車在每個大老婆的生活中不但是時間也是生理時鐘的代名詞，只要接近孩子回家的時間，不論分散在上海哪個角落裡的媽媽們，在享受了一整個白日的自由活動後，總會在這個時候提醒自己該有的責任心，時間一到，噹噹噹的鐘聲就不自覺的在心裡響起，所有的活動必須在鐘聲響起前停止，然後搭上各自的南瓜馬車，分道揚鑣。

我和五樓的孩子

他可能只有七年級吧，瘦高的個子，身上老穿著一件軍綠色的外套，肩上背了一只運動背包，斜頹的無精打采的靠在他的背上，他的頭髮老是凌亂突兀的往各個不同的方向伸展，臉上也是一副剛睡醒連早餐都還沒吃過的睏乏模樣。

他跟我住在同一棟樓，跟女兒念同一所學校，每天早上我帶女兒到大門口等校車的時候，總會碰到他，這個住宅區裡連他一共有三戶人家念這所學校，所以早晨在固定的時間見面互相聊聊，就成了一件無法避免的事。另一家的一雙兒女和愛睏男孩年齡相仿，早晨的時間我們總是互相問好，然而他都是孤單一個人，離我們有段距離，臉偏向一旁，頭髮依舊過長且散亂的在風裡晃動。

他從來不和我們正面相對，眼神也很少直視我們，他與同齡的男孩之間沒有交談過一句話，下來等車的永遠就是他自己一人。有時候我們都上了校車還沒見他出現，校車只停留五分鐘，超過時間就得自行搭計程車到學校，有時候在我們上車之際，才看到他火燒般的從花園的那一頭衝向門口的校車。

鄰居的太太試探性的問他讀幾年級，「七年級。」聲音小到不太能聽到且低著頭偏著臉說。鄰居太太的眼睛沉靜而了解的看著他，我們沒有作聲，很怕過多的問題會侵犯到孩子青澀而尷尬的心。

我們都是剛到上海的台灣人，也都渴望有台灣來的家庭能夠互相認識，結交相同背景的朋友，才不會讓自己覺得孤寂無依，住得近更方便聯繫。經過幾次的觀察後，從他的離群和沒有自信的態度，以及從頭到腳都是一個十幾歲男孩自己打理的痕跡上看來，可能，家裡沒有長輩照顧他。

每天早上在門口等車的時光，讓我覺得那對他是一種折磨，我們覺得理所當然且簡單之至的一個送上車的舉動，對他來說卻成了一次次無法迴避的難堪儀式，媽媽之間的閒話家常都是以家庭爲話題，這些總會觸及他沒見過蹤影的媽媽的難堪，正值青春期的他有時也能體察出來我們的有所保留，他總是回身在另一邊，像個影子，莫不作聲且故做不在意的等著校車的到來。

這樣尷尬而痛苦的情形我也會碰到，我能夠體會他的感覺，在節日或假期中，有時先生不在家，偌大的空間裡你會聽見寂寞的聲音在四處劈啪響著，屋外是晴光燦燦的秋陽，空氣中飄散著桂花開滿枝枒的瘋狂香味，處處提醒你時光的腳步，不能辜負。可是屋裡是一對兒女正在百無聊賴的看著電視裡播放的肥皂劇，我呆立陽台，但覺天氣美得叫人痛苦。

回想上禮拜一家人好不容易聚在一起去世紀公園騎老爺腳踏車，一個小時裡大家輪流踩得汗流浹背還逛不完整個園區，玩得差不多，像是慰勞生活太過規律簡單，並且常常聚少離多的一家人般，又去日本料理餐廳吃正宗美味的沙西米，肥美的鮭魚、油滑的墨魚、鮮甜的生蝦、略帶腥氣卻苦甜參半的海膽，喝一壺冰涼清酒，杯子碰得康康響，孩子們跨坐在爸爸的肩頭上、無法無天卻又快樂無比。我常想，日後他們長大對家庭團聚的回憶，或許就是在我們常來的這家餐廳的包廂裡，因為這個時候，享受完美味的料理，父母親臉上一片祥和慈暉映照，最能在親情中體會肆無忌憚的開懷享受。

但是絕大部分的日子裡，就像現在，我收拾妥當自己，也催促孩子們做好家務事，洗臉刷牙梳頭髮摺被子疊衣服，腳下拖鞋得穿著以免受涼，上海跟台灣不一樣，要注意身體，看電視不能看太久，看完電視也不能打電腦眼睛會壞掉，應該看看書了吧？「看書還不是要用眼睛。」他們說。「那就……」說實在的，我自己也想不出來還可以分派些什麼事情，一個大好的星期天應該要做什麼？

我帶他們到小區裡的運動設施玩，他們已經習慣自給自足的生活，兩個人加上兩個布偶可以角色扮演一個話劇團。我還是站在旁邊發呆，我想到我不愛看電視到底好還是不好？這樣大量空白的時間裡，我又想到以前一天不看報紙或書就難過的日子，現在怎麼可以拚命買書卻看不下去，只是把書堆在床頭櫃上把自己搞得像圖書館管理員似的，簡體字我完全習慣，可就是心裡裝不下任何東西，只好以狂買來自我安慰，然後心裡還是空空蕩蕩的。

就在這個時候，我看到鄰居一家四口正走向大門，先生賺的錢沒有我家老爺多，太太比我老，租來的房子要八千塊一個月，可是公司只補助兩千五，小孩學費也要自己張羅，雖然移民加拿大，可是公民還沒到手。那又怎樣？高高的銀杏樹上飄下來一片黃色的香扇般的葉片問著我，是啊，人家在假日的時候可以一輛出租車剛好的到公園或餐廳或購物中心或蘇州或杭州的，天涯海角要去哪就走，我呢？

假日裡不能找朋友。在上海自願或非自願的成爲單身的女性們，已經上了一個禮拜的班了，沒人有力氣與精力和我們這種平日喜歡裝年輕的、假日裡孩子一出現就變成母親身分的吵鬧家庭聚會；有家庭的呢？人家的爸爸是給人家的小朋友用的，我們家的弟弟平日缺乏父愛，就喜歡找人家的爸爸廝混，可是感情再怎麼body body，總歸不是自己的，還沒回到家就忍不住當場大聲問得我們很尷尬：「爲什麼王家華的爸爸就可以跟他們住在一起，『把拔』就不行？」我心裡想，你問這話也太讓我心酸得過分了吧！

有沒有一樣類似單親家庭的朋友們呢？有的，但是機會很小，通常不是他家老爺回來了，就是我家老爺回來了。family旅遊，有過，可是那得小孩子互相情投意合、年齡興趣相仿；男人們之間話可能不用太多，但是也不能相看有點倦，特別是外頭的應酬扮笑臉已經多到人生無趣的時候，再要假日裡戴上假面實在令人太痛苦；女人之間好解決，家常生活就可以聊個沒完沒了，若要臧否起上海的人事物，那可以秉燭夜談巴山夜雨到天明，可惜，family聚會必須保留些形象，唉，一切爲了孩子。

可是對這個男孩子而言，誰爲了他呢？當我看到別人一家子快樂無比的出去時，我也會沮喪得不得了，我怎麼可能還跟他們寒暄微笑呢？我只不過是幾個假日裡出現的週日單親症候群，想開點，還是可以帶小孩去看電影亂逛的排解掉，老爺回來的日子裡我們仍然是個正常的家庭，除了平日不能生活在一起的難過之外，我們之間沒有不能解決的問題，也沒有距離的。男孩呢？

五樓的男孩，總是孤零零的帶著一張充滿倦意的迷茫的臉，總是在校車快要啓動開走的時候衝上車，或許一點點的偷懶賴床就要錯過了校車，卻沒有人提醒他把他挖起來；或許是，他算好了時間，省掉和我們碰面的難堪。

校車回來的時候，我在大門口等女兒回來，通常男孩是最後下車的一個，他一下車就邁開大步的往前走，我拉著女兒急急的要跟上他，我多此一問卻又關心的說：

「你住幾樓啊？」

他不看我，像沒有聽到我的話一般繼續往前走。我還要跟上去，他已經逃一般衝上階梯往大堂跑，然後如同蝙蝠俠一樣快的身影從偏旁的樓梯竄了上去。

或許，我的好意關心在他而言都是太多的負擔。

他還有個妹妹，這是我自己發現的。

他的妹妹在下午的時候，一個人穿著當地小學的校服，領子上圍條鮮紅的紅領巾，孤零零的坐在小區花園的椅子上，百無聊賴的看著地上的石子，用腳無意識的撥弄著，一個小女孩，椅子上還放了個大書包，放了學爲什麼不回家呢？

她說話了，上海腔的國語裡夾著一絲絲的台灣口音。她問我，你也是台灣來的嗎？我說是。憑著臉龐五官熟悉的模樣，我問她，你是不是住在五樓，你有個哥哥對嗎？她恬靜的笑了，點點頭，對人沒有什麼戒心的小女孩。

她說她讀三年級，爸爸做電腦光碟的生意，家裡沒有給她鑰匙，哥哥聽到電鈴聲也不開門，有時就算按了電鈴也聽不見，因爲他一直關在自己的房間裡打電腦，她只好坐在花園裡等。「那要等到什麼時候？」我問她，她搖搖頭說不知道。「如果阿姨要來做飯也進不去，晚上要吃什麼呢？」我問，她笑了笑，無奈卻又乖巧的說：「不知道。」然後自己又說：「我媽媽在台灣。」

我讓她來家裡坐坐先把功課寫了吧，她說不用了。台灣的聲調裡忽而夾著上海腔，在她時而台灣時而上海的咬字聲調中，台灣對她來講，是什麼呢？童年模糊回憶中的一個光點，阿公阿媽姑伯叔姨，過年過節時堂兄表妹齊聚的熱鬧景象，夏天時在巷道中騎著四輪的腳踏車，歪扭緩慢的行過伸展過牆頭的雞蛋花樹下，南方的烈日強光穿過濃綠樹葉投射在被輪子輾過的瓣瓣馨香花朵，還有臥室裡存留奶香的布偶熊呆呆的笑臉，以及媽媽的拿手好菜：菜脯蛋、地瓜稀飯……，屬於我的兒女們的回憶又是什麼呢？

秋天裡漸漸轉黃的銀杏樹在木頭座椅上輕輕飄搖，我縮了縮漸覺寒冷的肩頭。彷彿自己做錯事般莫名所以的愧疚的看著她，爲著必須離開家鄉到異地打拚事業的大人想法；爲著聽得太多的外遇事件；更爲著她講著「媽媽在台灣」的時候，臉上的漠然且接受的表情。

然後兩個月長長的暑假過去了，開學的第一天，我跟女兒說，你住的地方很安全，而且你也夠大了，不需要我陪你等校車。我讓自己放開對環境的陌生危機感，也必須讓自己和孩子一起在陌生的環境中成長，雖然心底仍有一隻爍亮的眼睛看著周遭的不同，但是在心態上，我們必須學習一方面獨立一方面融入。

女兒回來報告說，鄰居的一雙兒女沒住在小區裡了，他們搬到另一個小區了，五樓的男生還住在這裡，大家還是不說話。

直到學校開家長會，我才又看到他。我搭學校的順風車回來，全部的孩子都下車了，我們是最後一站，我回頭看，只剩下女兒和後座僅露出一雙長腿的男生，我想到是他，車門開處，我們一起下車，我大聲的叫他：

「葉勝文，你現在幾年級了？」

他回頭看我，臉上有肉，精神看起來好多了，不像從前老是睡眠不足、無精打采的樣子，而且也會打扮了，額前的頭髮沾了髮膠梳得亮亮地站在頭上，風一吹，還左右搖晃的挺時髦的。他心情極好的走在我身旁，嘴角笑笑的跟我胡亂扯著，他說媽媽今年生了個弟弟，我驚訝的看著他說：

「哇！跟你差那麼多歲，你媽媽好厲害，我想生都生不出來了耶。」

他說：「我媽媽跟我爸爸已經離婚了，這是我的阿姨生的。我弟弟已經五個月了。」

他大聲又明朗的聲音讓我感覺不出一絲的陰霾與不快。

我看著他發光的臉龐，又看到他身後那棵瘦削卻挺拔的南方熱帶棕櫚樹，雖然枝葉並不茂盛、張開的葉子也不夠雄偉大氣，但是在圍繞他的小葉楓樹、桂花樹及一些紫藤旁邊，卻還是生命力極強的讓尖尖的葉片刺向碧藍天空裡。

在進電梯的那一刻，我很歐巴桑式的往他肩上一拍：

「你眞的越來越帥了。」

電梯在五樓停住，我看到他眞心的笑容像花一般在電梯開闔處明滅的跳躍綻放。

3 對照篇

華麗頹朽

紅燒獅子頭　無名吃食　天時　梧桐路　可以擁有的　聽說台流

紅燒獅子頭

「姑父，姑媽，恭喜發財，新年快樂。」六歲的我跟在兄姊身後，囁嚅的對姑媽說著賀年語。

姑媽圓而白淨的臉，斯文秀麗，她說著一口我聽不大懂的國語，聲音裡卻蘊滿了曲子似的音調，柔軟、輕盈而好聽，姑父則是一向嚴肅不多話，令人望而生畏。

一陣寒暄之後，我們被請到餐廳裡的黑桃木大圓桌上落座，桌子上已布滿了姑媽準備了一早上的豐盛菜肴，爸爸開心的對我們說：

「你們看，姑媽又做了你們最喜歡吃的紅燒獅子頭了。」

媽媽收斂起平時在家面對五個吵雜子女的不耐和叫罵聲，穿著新裙子正襟危坐著，手上還捏了一塊白底細花的舶來品手帕，難得塗著粉點著唇膏的臉龐細氣的笑著，不自覺矜持起大家閨秀的風範且操著台灣國語幼聲說：

「大姊做的紅燒獅子頭是最好出的啦。」

面對衆人的讚賞，和小甥兒們眼裡投射出的貪婪，姑媽怡然瞇眼笑著，像一尊佛。

中午的陽光從隔著天井的塑膠遮雨板灑落在飯桌上，細細的灰塵在長方形的光束中交織的飛舞，那白底青花的的大磁盤裡盛著好多只圓墩墩的肉丸子，剛端上桌沒多久的獅子頭還散發出濃馥的燉蒸香汁味。

在那個物資匱乏的年代，只有逢年過節才能大肆享用肉食，我毫不客氣的要了一顆大肉丸子，用調羹將丸子劃開，裡頭的粉嫩鮮美肉色交雜著荸薺，些許綠色的蔥末隱約可見，咬進嘴裡，口中湧現著清香飽足感，姑媽怕我噎著了，笑著要我嚼慢點，年紀尚小的我倏地想起母親出門前的耳提面命，不得不分心注意餐桌上的禮儀，並將口中的食物囫圇吞下，幼小的心靈除了美味的獅子頭外，也盼望這頓被禮教束縛的盛宴能早些結束。

表哥表姊會在飯後帶著我們，到後院加蓋出去的撞球店裡玩撞球，他們都長我們許多歲，都已經是「大人」了，他們不會和我們追逐跑跳，也不會和我們搶玩具爭糖吃，他們只是好聲好氣的告訴我們球桿該怎麼拿、桿頭要塗磨小方塊盒裡的粉才不會滑球、幾號球是什麼作用……而我和姊姊總是將擺得工整的三角形框裡的球，一股腦的推得「球花」四濺，滿球檯亂跑，再用手握著一顆顆圓滑飽滿的球，將其他散在球檯上的球撞得框噹亂響，滿足於孩童式的撒野無章。

然後我們脫離了表姊們的視線，捏著一整袋撞球店裡販賣的透明玻璃罐裡的糖，爬到二樓平闊的陽台上，看著一簇簇盛開的、色彩斑斕的小花——我和大表姊的么女同歲，理論上我是她的表姨，可是她從來沒這樣叫過我——兩人蹲在花盆邊，無聊的拔著盆裡的幸運草，並且放到嘴裡吸草莖裡酸澀的汁。

爲了眺望遠處北投的美麗山景，以及大人常常指給我們看的華興中學，最後我們決定冒險攀爬過陽台的圍牆，謹愼而微顫的雙腳踩在石綿瓦鋪成的一樓屋頂上，手腳並用的成功跨騎在拱起的屋脊，我虛擬的圈起兩隻拳頭放在眼窩上當做望遠鏡，扮演因鄰近國家安全局的需要，偵察隱匿在山林中的大陸匪諜。

藉口作畫隱身在二樓畫室，和姑媽一樣斯文白淨靦腆且不輕易露面的美男子小表哥，此時發現了頑童的大膽行徑，顧不得害羞，趕緊現身將我等情治人員請下馬鞍，才結束這次危機。

大一點，我知道我本籍是江蘇省江都縣人，江都古名爲揚州，而姑媽講的像曲兒一般的話是揚州話。

從小，在台北出生長大的我即無法想像父親口中的家鄉，是如何的在冬日田園裡呈現滿是黃澄澄的油菜花景象，一片接連著一片到天際；吃到浸過糖水的酸中帶甜的小青桃，便說起家鄉園子裡種的桃子像拳頭一般大；至於姑媽拿手的獅子頭，則是揚州的名菜，父親說到這道菜的做法，是取肥瘦豬肉三七比例，用刀將肉切碎後加薑、蔥末、鹽、酒調勻，並加入切碎的荸薺或蝦米，以芡粉揉之，下油鍋炸到七八分微黃，起鍋後並蒸煮，最後下醬汁，即起。

父親會擀麵皮，包餃子，揉麵糰做麵疙瘩，翻炒混著豆乾的炸醬，做十幾項菜料合併的家鄉新年應景「安樂菜」，但是他從不曾動手做過切工細緻、手續繁多、講究火候拿捏的獅子頭，唯有在每年的大年初三，才由大父親十多歲的姑媽掌廚。在大家的欣慰滿足中登場的，最凝斂莊重的這道菜，交糅了父執輩承載不盡的鄉愁，在台開枝散葉的欣喜，以及過年團圓的親情相聚，皆融入在一團喜樂的獅子頭裡。

一年一度的到姑媽家拜年，在我升上初中以後就成了零零落落的回憶，年初三一早，父親照例穿戴整齊，提著禮品準備去姑媽家，臨出門前他又問了一次前晚問過的話：

「眞的沒有人要跟我去？」

兄姊們照例搖頭，他轉而問較年幼的三姊和我：

「那帶你們去好了，姑媽會燒獅子頭喔。」

我們也扭著身子直說不要，父親嘆了一口氣就出門了。

姑媽家成了令我們拘謹的場所，年齡趨長的我們正值青春尷尬期，面對一屋子的長輩們，寒暄招呼之後似乎再無交集，坐也不是，站亦無措，心智上的發展與一年見一次面的距離，已不是我們幼年貪婪凝視的獅子頭所能拉近的了。

十多年後，在美國定居的大姊帶著孩子在春節前回台過年，年初三，我們攜兒帶女的跟著頭髮漸漸花白的父親，回到了多年未訪的姑媽家。下了計程車，我們跟著父親的腳步，彷彿進入了一處在記憶中被湮滅的祕境，我是隻迷津的飄搖之船，在左彎右拐的巷弄中，在紅磚牆內的雞蛋花下，在伸出屋檐的紫藤樹旁，撐著記憶的篙，我幾次以爲自己已經找到了一度迷失的渡口，在幽密縹緲的婆娑枝葉下，門開處，過去的我與當下的我相互碰撞，猛然抬頭的那一刻……

「姑奶奶，恭喜發財。」

小甥女稚嫩的嗓音嚷我回過神來，陌生感造成她的肢體僵硬，一如我幼時的翻版，好動的小孩話聲未落便轉身跑走，其姿態之急速恰如時光般的瞬間忽逝。

姑父已過世，姑媽罹癌，原來圓潤的臉龐略顯凹陷，清澄和美的眼睛也因爲年歲而變得渾濁，我已身長過她，這是我第一次用成人的眼光來看她，她和大姊叨敘著兒女中令她煩惱的事，對自己的病痛倒不大提，音調仍舊輕盈雅致，聲音裡卻多了憂心。我環視這棟在我記憶裡顯得寬廣無邊的房舍，如今撞球場已拆除，原本群山環繞視野優美的二樓，也被前方蓋好的高樓所遮蔽，好山美景已不輕易得見。

中飯時我們圍坐在大圓桌邊，豐美的菜肴一道道的端上，姑媽稍顯疲累的坐在主位，表姊們在廚房裡進進出出，當最後一道菜上桌，我的一顆期望的心也同時墜落，沒有那盤年年循例出現的獅子頭，眼前是「糖醋排骨」、「粉蒸肉」、「醬炒螃蟹」等菜，病中的姑媽已無力再做那道費時費力的獅子頭，而子侄輩們也無人得到這道菜的眞傳。

夜幕低垂，我們告別了衆人。自此直到姑媽去世，我再也沒有見過她。

時移事往，我的父親因戰亂從大陸輾轉遷徙過海峽，告別家鄉一去四十年，如今，因著企業策略轉移的我，因緣際會的洄游至父親口中那塊耳熟能詳卻又全然陌生的土地。

我在冬天抵達上海，像所有離鄉背井的人，在異地伸出觸鬚在每個角落尋找生存適應的空間，我看過上海人的臉色，也吃過他們的虧，但是偶爾，我會見到一兩張同樣斯文圓潤而白淨的臉，那種熟悉感，總讓我不由自主的多看兩眼。

在上海的二月，低溫冰寒得令人手腳僵硬的夜裡，我和同伴頂著寒風進了一家燈火暈黃的餐館，入得門內，館裡盡是菜香與人聲交織的暖意，翻開菜單，我迫不及待的點了一道揚州獅子頭。在喝著熱茶暖和身體的等待中，遠遠的，我看見侍者手裡捧著白磁盤，裡頭是四只熱騰騰的肉丸。菜上桌，夾起一顆送入口裡，稍硬的口感與過鹹過油的味道，不是當年我所吃到的滑嫩適口的滋味。

我抬頭凝視著窗外，將父親陳述過的做法在心裡虛擬演練，先把肉剁碎，加入一樣細碎的荸薺、薑、蔥，油炸過後蒸煮……在這樣的過程中，我突然發現我和父親站在年齡相仿的地圖上，位置卻因爲歷史的交迭而相互倒錯，但是，牽絆著我們對鄉土的記憶，他的揚州，我的台北，竟然都重疊在這只獅子頭上。

氤氳的煙霧中，我的視線穿過長江，太湖，錢塘江，珠江三角洲，再下台灣海峽，那南方的美麗的蕞爾小島上，一戶人家的天井下，穿過塑膠板搭起的棚子，順著灰塵細瑣的光束，我見到那個映照著冬日暖陽的大圓桌，以及那幾只團團圓圓，貌似可喜，音亦可愛的，紅燒獅子頭。

上海浦東發展銀行

無名吃食

上海匯集各國美食以及各地方的小吃，吃在上海並不難，也是值得專書探討的範圍，出現在吃食的專書中所介紹的菜式及餐廳，或許如雷貫耳，或許歷史悠久達百年，但是，最叫我留戀的，並不包括在其中。

嗅覺是人類最特別的記憶方式，許多氣味在經過鼻腔裡數萬條神經之後，進入腦中深邃的記憶區，用它獨特的、霸道的方式占據了腦子裡的地塊，氣味與氣味之間或許有共容兼蓄之處，也或許各不相容互相排擠，但是它們都如一縷幽魂，裊裊的盤旋在記憶的深處，渺渺然不能離去。有時，就在我們以爲它就要飄出記憶之外時，天光的轉變，溫度中的濕度浮動，以及斜陽穿過梧桐射進心底的一瞬間，它們就忽忽然從記憶底層升起，召喚出我們對食物的記憶，而心底的觸動也隨召喚而來，就要披衣疾走，穿過深巷，經過兩邊叫賣的攤販，甚或無視於窗外蕭瑟的秋風，眼神穿梭過鋪天的變色梧桐，想著上次嘴裡的食物，也是在這樣的時日，香味誘人的囫圇下肚。

去年，也是在這樣一夕間氣溫驟然下降的秋日，一早起身，渾然不知昨日尚可忍受的微涼天氣，就這樣無影無蹤，起床之後的蕭瑟讓人睡意全無的爲之一擻。我看著樓下數日來不知冷爲何物的街上人們，總是在我們冷得受不了穿上外套時，卻一逕短袖襯衣，今日終於也對天氣認輸般的換穿了夾克。那冷風不時的穿過長窗灌進屋裡，我突然嘴裡感到一陣忍不住的饞意，是什麼呢？

我披上薄外套、套上鞋子便往外找尋吃食，那記憶中的什麼食物在叫喚著我，我毫不猶豫的走進平常看到賣手工製餅乾的點心屋，很果斷的買了紅豆沙餡兒的糕餅，以及一塊塊小小的、充滿奶酥味的cookies。離開店裡，我彎過眼前的大馬路，走進人聲嘈雜的市場，除了偶爾出現的金秋大毛蟹能稍微讓我的眼光停駐，其他時間我都在追逐那香味，充滿了辛香的咖哩以及濃濃的滷包煨出來的香汁。

那家小店坐滿剛下崗的工人，外地來的，在上海做著最基本的勞動身體的粗工，因爲每日身體所消耗的極大熱量，以及每月賺得的微薄薪水，三塊錢的牛肉麵就成了他們最佳選擇。我跟他們挨著，窄小的長條形桌面讓我們面面相覷，我且不介意他們對我的眼角窺視，因為我一身毫無修飾的邋遢衣著，正適合早上晏起，臉上還帶著昨夜睡前喝多了水的腫脹，足蹬的懶人拖鞋亦正符合這樣的場景，老練的點了一碗二兩的牛肉拉麵，那牛肉都是前晚就滷好了，菜刀片下來的牛肉片攤在菜砧上，老闆撈起鍋裡的刀削麵，淋上濃香微黃的湯汁，撒上清脆微軟的香菜，隨著這碗秋風中最愜意的拉麵下肚，慢慢消融了驟冷秋日的陰寒。

民工們摻了些辣椒醬大口吃著，若是碗中仍有麵而湯已飲乾，則起身，自行到盛著湯汁的大鍋旁澆湯入碗，省了老闆的麻煩，若覺得不夠鹹，桌上還有一包鹽，隨喜好添加，若嫌單調沒有小菜可供消遣，桌上還備有大蒜，擰一瓣兒下來，嚐嚐那蒜瓣兒的香辣氣。

我學他們端起碗來喝著濃郁的肉湯，暖意就這樣一口一口的鑽進胃裡，結了帳，我帶著我的cookies一路踢踢拖拖的四處晃蕩。我想到了盛夏的時候，和友伴在半生不熟的上海街道上逛著，那烈日下的溫度蒸得人昏昏沉沉，正好經過茂名南路，我和他對望一眼便毫無異議的鑽進前頭的小咖啡店裡。那個小小的、奧地利人開的店裡，擺滿了一盒盒各式口味的巧克力，從奧地利進口、圓圓滾滾的天使印在巧克力的包裝紙上，店裡是奧地利的各色風景照片，我們坐在面窗的高腿椅上，兩個被溽暑烘暈、全然失去興奮之情、用手托著腮的女人，看著窗外行色匆匆的人們。

一桌坐了個老外講著流利標準的北京話，跟對面的老中開講，另一桌是兩個香港女人，講的都是拜訪客戶的過程和事情，她們喝的咖啡加了極多的砂糖和奶精。這樣百般勞累的午後，店裡一個嚴謹而自矜的老上海女人，端出來兩杯冰拿鐵，我耐不住饞買了店裡的苦巧克力來嘗，巧克力不似日本製的滑膩，是一種無以名之的可可粉的乾澀和暗香所混合的味道，一個索價三元。我對友伴描述著十七歲時，如何千里迢迢的坐公車到博愛路的巧克力專賣店買一大塊巧克力磚回來，然後，不眠不休的把磚頭啃光。

友伴無法理解的想著那樣的光景，有時候，瘋狂詭異的事情，只停留在似懂非懂卻又了無窒礙的青春期，如今想起，青春已過了保存期限，只留那熟悉的暗香毫無阻隔的令人追念。

有時候是那樣的一股氣息襲來，令人不得不定睛而沒理性的盯著同桌的兩個紮辮女孩看著，那樣熟悉的香味，加上女孩嘴上吃得油光滑潤的、嘖嘖作響的唇瓣，更是激得正在等麵上桌的我飢腸轆轆了起來。女孩渾然不覺我的唐突，直到我忍不住的問人家，你們吃的是不是蘿蔔絲餅？女孩圓眼看我，點了點頭。在哪裡買的？我簡直迫不及待的問她。她伸出手指向前頭的店。

等我心不在焉的吃完那碗麵，遂迫不及待的走向那家小店，哪能叫做店呢？有的就是一個女人，坐在板凳上，守著一個油鍋，炸著幾樣不同的點心，她將手中的深圓杓子裝滿蘿蔔絲後，澆上一杓麵糊，就這麼炸將起來。一個五毛，買了兩個，我知道剛吃飽的我是塞不下這熱騰騰的餅，可是，我就是忍不住的要買，我對自己說，我可以明天再吃，雖然我知道，隔天的蘿蔔絲餅絕對沒有現在好吃，可是，就算是拎在手上吃不下，也可以聞著油紙袋裡傳來的陣陣香味。記憶在幫我把關，接收過的氣味，就再也不能除名遠去。

吃過兩次城隍廟裡的媒體炒作過的名震天下的小籠包後，我對那樣的滋味感到貧乏。第一次是應來觀光的朋友要求，上那兒吃了一次不用等的蟹黃小籠包，不知道是吃飽沒多久的原因，竟覺得聞到那味道，胃就開始不舒服起來了，吃下去但覺都是餐廳裡瀰漫的醋酸味，一陣陣的襲來，讓我不得不用茶水來壓住那股不舒服勁。第二次還是應前來觀光的友人要求吃樓下需要排隊的、沒座位的普通小籠包，可憐的導遊排了近一個小時之後換人排，這之後又是一個小時，才吃到得來不易的小籠包，除了因爲花長時間才換來的辛苦外，我不覺得格外好吃。

我吃到最難忘的小籠包，是第一次到上海來時，只有短暫的五天，大清早，離開飯店，故意不吃飯店的早餐，走到飯店附近的里弄前，看店家把一籠籠蒸熟的小籠包放入塑膠袋中，我們就在車裡把小籠包快速的解決，又得小心它那飽滿的皮裡包藏住的熱汁，不要滴出來燙到嘴，就在一簸一顚的車裡，我們噘著嘴，小心翼翼的咬破麵皮，唏嚕嚕的吸著流出來的滾燙湯汁，因爲燙的緣故，那麵皮裡的餡兒就在我們的嘴裡隨著舌頭四處滾動，鮮美的肉味也繞過整個口腔，穿過鼻息，一起進入腦海，定格，成了記憶裡最好吃的小籠包子。

記憶中的嗅覺在冬日的寒風中裊裊升起，記得不？逛完乏味的襄陽市場，攝氏五度中，我和友伴縮著頭，看著哈在冷空氣中白色的霧氣，搓著一雙忘了戴手套的手，一頭鑽進迎面的麻辣燙小店，在無法抵擋的冬日上海，我們毫不猶豫的點了一大碗摻了魚丸、蛋餃、金針菇，以及林林總總的可以塡補我們空虛心靈和肚皮的什菜，當那一大碗麻辣燙端上桌的時候，紅油和麻椒沾附在每一樣食物上，我不管那湯有多燙、菜有多辣，嘴裡吃得窸窣，一邊吸著因爲冷和辛辣刺激的鼻子，那原來發源於四川的小吃，透過這場景，成了我對上海冬天縈繞不去的印象，也是讓我每次感到陰寒或是乾冷的冬季寒風起時，總要循味而至的小吃。

還有街邊現場做出來的脆餅，放在商場外頭擺的玻璃櫃子裡，後場戴白帽穿白衣的師父，賣力的揉著麵糰，用擀麵杖擀平了，撒上各色芝麻、蔥花、乾果片，放在一個個大烤盤中，推到烤箱中烤了，再將烤好的薄餅拉出來，用刀子前前後後的劃開，立馬將它們排排整齊了，一疊疊的送到玻璃櫃子裡。櫃子前等著的小青年穿著風衣，拎著手提包，五百克五塊錢的各買了三份，我捏著皮包，覬覦的看著一塊塊香酥誘人的餅，一邊想回家該如何泡一壺茶，甚或沖個咖啡，好好的晃掉一下午。

那些無名的小吃，總匿身在不起眼的甚或有點陰暗骯髒的里弄裡，就算沒有聞到那股飄飄而至的香味，曖曖內含光的不讓人發現，但總有些端倪顯露在人群圍繞的景象裡，我就是在這些民工群中，在提著包的上海老太的精敏眼光中，在紮著髮辮的上海小姑娘白裡透紅的臉蛋上，在世故嚴謹的上海中年女人手裡捏著的小鈔上，一一發現這些微小卻永遠與上海季節相聯繫的無名小吃。

新式里弄的上海居民生活

天時

上海的夏季是酷熱的，對於久居亞熱帶的我們來說，這些都是可以接受理解，對生活無所影響，但當時序進入秋季時，那四時不同的溫度，表現在外的街頭景致，以及讓人一日一日感受到「四季分明」的感覺，當真可以讓我深切的領會到季節的迭替。

在夏末秋初的時候，天空裡下了一陣雨，這雨可也無法與寶島的傾盆大雨相提並論，就只是零零疏疏的下了一天，卻讓本來白天裡還有的一絲溫暖氣息蕩然無存。一場雨改變了氣溫，也改變了人們身上的衣著，夏季的短袖衣服變得全然無用並可笑得不合時宜，此時只有披上薄外套，望著窗外陰濕的天氣，充分了解「一雨成秋」的意境。

走在梧桐道上，不經意的發現原本茂盛的夾道成排的梧桐樹，就這樣換上了半綠半黃的顏色，再過一個月，走在這條常常漫遊的法租界紅磚道上，竟然鋪排了黃葉成道的葉毯，厚厚的一層，踩上去發出輕微的乾碎聲。街道上掃著落葉的清潔工，大力的用竹枝編成的掃帚將落在馬路上的葉子堆積在紅磚道旁，像一座小山，此時竟不覺自己在上海，而在哪個歐洲小鎮上了。

站在街道旁駐足欣賞並觀察的結論是，秋天的黃葉眞是令人迷醉，尤其是隨風飛舞而後下墜落在街道上的身姿，搭配在秋意蕭瑟的景致中，如果這時再下一場蕭索的細雨，這非得一壺溫熱的白酒再加上一支煙氣裊裊的好菸才能加深秋天的愁意。

那天站在一排有別於梧桐樹的樹面前，正低頭思索這些滿地成橢圓尖又狹長的細嫩紅葉時，正好看見一名老人在清掃這些嫣紅的葉片，他看我站在樹旁一臉癡呆樣，並且快要擋住他掃地的路徑，好奇的朝我看了看，我正好趁此機會問他樹名，他說是「樟木」。「很香的，你聞聞看。」我當眞將鼻子貼近樹幹且深深的吸了一口氣，那活生生的木頭清香就在雨天裡隨著清冷的空氣飄進鼻子哩，「冷香吧！」我自語，老伯說：「是香樟。」眞好。

一次站上大樓臨眺腳下的中山公園，中山公園建園歷史甚久，園裡的大樹都有好幾十年的樹齡，秋天的姿態在鬱鬱的樹冠上飛馳而過，倏忽將蔥綠的顏色翻去，展現的是各個樹種對秋天的不同解釋：嫩黃、淺黃、金黃、土黃、暗黃、褐黃，黃色的色譜與色差像油畫的顏料般層層疊疊的堆積在我們眼前，裡頭並摻有常綠木與紅葉木的對比色葉，行走其間，秋意竟是濃得化不開。

但是當時序漸漸進入初冬時，這樣充滿閒情逸致聞香賞葉的情形便不復見。一次，在小區門口等隨學校秋遊的女兒回來，由於不知道正確到家的時間，我腳上穿著毛襪趿著懶人拖鞋，身上穿著毛衣加羽絨背心在門口站著，隨著時間的流失，我覺得周遭的氣溫開始慢慢的下降，我在降低的氣溫中像身陷流沙似的慢慢流失我的體溫，身體漸漸的像風化的石頭般變得不能動彈，腳底冰冷堅硬得像結了一塊冰，我趕緊移動雙腳不停的走動。在等了將近一個小時之後，我自己知道這樣下去非凍著不可，上樓呼喚阿姨下來輪班，回到家裡臉色蒼白，一個小時後，阿姨終於領著女兒回來了，一樣臉色蒼白的阿姨直呼受不了，那天剛好一波寒流南下，溫度在七度左右。

這算是我第一次毫無心理預期的和低溫素面相見，未在國外度過寒冬的我，尚不知還有更大的寒冷要抵禦。

天時的變化體現在四時的景觀，但是更能表現在家居的生活上。

在上海度過寒冬的友人每每說到冬天就不寒而慄了起來，彷彿那是畢生看過最令人驚懼的恐怖片般，一次一次不厭其煩的跟我訴說著那冷那凍那寒那冰，以及不停添置的衣服與裝備，猶有甚者在於，恐怖片看過一次就算了，這寒冷卻是一天天的逼近且一日勝過一日，揮之不去縈繞好幾個月。

我問：「爲何不開暖氣呢？」

朋友言：「一個人在家吹暖氣太浪費，況且總不能叫人吹一整天吧！」

是以朋友一提到冬季便叨敘個沒完，直到我自己體驗過後才了解。

氣溫下降到十幾度的時候，街上的居民仍然鐵打的體質般穿著夾克行走，我等已迫不及待的拿出準備好的大衣往身上套了，大清早女兒穿上台灣冬季的大衣等校車來接，卻被一旁看到的上海阿姨瞄了好幾眼，她跟所有習慣冬天的上海人一樣，僅穿著一件羊毛衣和背心，她看不過去的說了：

「現在就穿這麼多，等到冬天怎麼辦？到時候身體都沒有禦寒的能力了，會生病的。」

阿姨所言甚是，我試著在氣溫持續下降的氣候中鍛鍊一家人的身體，我不開空調取暖，真的冷了，我就加件背心保護住身體，並且從窗口探視路人們的衣著來比照，朋友們電話裡會互相詢問：「開始吹暖氣了嗎？」從空調的開啓與否試煉對上海深秋的抵禦能力，卻是從南方出差回來的外子，一進門沒鎮靜多久身體就打起了哆嗦，進而添加外套站起身來在家中來回走動，最後冷得受不了的操著台語疾呼：

「你是在省啥？趕緊開燒氣啦！」

時序再漸次推移，進入十二月的天光不再明亮，少見的陽光珍貴的從玻璃窗外潑灑進來時，靜坐家中的酷刑才能告終，捧著滾熱的茶杯就這麼站在冬陽裡，尚且要原地跳動讓身體熱起來。上海友人所提供的穿衣祕訣已經全部派上用場，羊毛內衣、羊毛長褲全副武裝加身，外加所費不貲的羊毛絨毛衣，再套上一件羽絨背心，腳套羊毛厚襪並加上毛拖鞋，仍然無法抵擋腳底的寒氣往上逼。此刻的我，手指冰凍毫無感覺的在鍵盤上敲打，藉著鍵盤上傳出來的電熱獲得一些暖意，那日日逼近的冰寒如此考驗著血肉。

我常常想著「漸凍人」這個名詞，全身的血液從腳底慢慢冰凍，速度漸漸上攀，直到整個人被冰冷控制全然不能思想。所謂的「冷」已不足以形容，凍的感覺讓我覺得只消彈指一瞬間，就可能如傳說中反身回眸的一眼，變成了鹽柱般的石人，或是熱暖漸次揮發，猶如在冰霜中保存千年毫無腐朽的木乃伊屍骨。

冬季的肅殺氣氛以及冰凍三尺的感覺，讓人們的心情也高亢不起來，所有的活動宣告停止，寧願躲在家裡縮手縮腳的「冬眠」，秋季裡還算活躍的一干朋友全都默然無聲無聯繫，人的意志跟著蕭索委靡，世界上僅存的彷彿就是自己一人。偶爾和朋友聯繫上，問及最近如何時，也都是玩笑的說：「天氣不好，憂鬱症又犯了。」雖是玩笑話，但離憂鬱症狀亦不遠矣。

眞的是我太怕冷嗎？外子的員工是湖北人，離開家鄉到廣東求職，一待就是三年，外子看他做事勤勉認眞，問他願不願意到上海來工作，上海是機會之都，其實詢問也是一個形式吧，誰知那名青年很爽快的回絕了，理由是，上海的冬天太冷了，所以他不想去。問題是，難道湖北的冬天不冷嗎？好歹也生活了二十幾年，再怎麼冷應該也不成問題吧？青年很鄭重的回答：「就是因爲忍受了這麼多年，我已經受夠了。」

是不是？誰再說我怕冷，我就跟他翻臉。

出差南方許久的外子打電話回來詢問家裡狀況時，老是提到：「天氣暖和點了沒？」總聽到快得憂鬱症的本人透過話筒聲嘶力竭並凍僵般的乾吼：「我們的溫度像每天住在冰箱裡，哪有什麼暖一點沒有的事？請不要再問這種問題了好嗎！」

切膚之冷豈是身處南方溫暖境遇的人所能理解。

行走在外時頭戴護耳的毛線帽，脖子圍著扎實的羊毛圍巾，裹在手套裡的手卻完全沒有溫暖的感覺，但也總比裸露在空氣裡忍受冰刮的滋味好。在冬日行走活動比靜坐家中來得好，但是熱量消耗得特別快，很容易感覺累。小區裡的水池結成厚厚的冰，草地上鋪滿冰霜，孩子們新鮮好奇的用小樹枝穿破冰面，大人們也跟著旁邊湊熱鬧。十二月二十五日的早晨七點鐘，我們一家人遠行，我看到外頭很不巧的下起雨來，趕緊想回家拿傘，卻聽見他們在屋外大叫：「下雪了！」鵝絨般的雪花飄降在我們的頭上，我終於見識到飄雪冬季。四時與人同在，冬日，也有她的一番新鮮味道吧！

三到五度的氣溫裡，我體會到朋友對冷的恐懼，在這樣的條件下，我無能爲力，只覺得身體的每塊肌肉都僵硬得必須集中心力來對抗應付日日的冰寒，尤其是頸部的肌肉硬到有天在我不經意的轉動時扭傷了，就這麼一個小動作，苦了整整五天。肌膚乾燥粗糲猶如冰箱裡放置的脫水蔬果，眞不知上海的美眉們吹彈可破的肌膚如何得來？上海阿姨告訴我，她家裡整個冬天沒開過一次空調，僅就靠著電熱燈和熱水袋度過，而從舊金山來的表弟一進我家門就不停的連脫兩件衣服，當時空調未開的情況下看得我目瞪口呆，他說：「上海好熱。」當時攝氏三度，我還能說些什麼呢？

當台北來的朋友因爲沒有習慣穿著睡衣睡覺，第二天頭痛發燒，並立刻打消在上海買房養老的念頭；當同事的老婆九月從台北過來準備移居蘇州時讚嘆：「這麼美的蘇州，這麼棒的天氣！」

同事一臉氣極的勸著：「麥住蘇州啦，冬天會下雪，ㄟ冷死啦，住上海卡抹冷。」

同事老婆尖聲說：「按怎？我是抹塞住蘇州喔！蘇州有二奶啊！驚我住，我才抹信有多冷，我就是要住在蘇州。」

這時，我只見到同事一臉被南方無知老婆和華東天氣戰敗的表情。

我想到許多頌揚上海有多美好，並且圖文並茂的解釋爲何對我們而言是如此美好時，它是這麼寫的：

「上海的語言不難理解懂得，其飲食、文化、氣候與台灣相近。」

必須疾呼，氣候不但不相近，並且差了十萬八千里。

寒假開始的第一天，我拖了兩口箱子，帶著早晨六點起床神情恍惚的孩子，手持兩個月前就訂好的票，逃難般的逃離上海的寒冬，奔向在我心中永無冬日的寶島台灣。

梧桐路

我喜歡帶台灣來的朋友到離家不遠的梧桐路上四處晃蕩，說晃蕩是有理由的，一方面因爲我對這塊以前是法租界的建築物甚或歷史都不大熟悉，晃蕩是很純粹的；另一方面，清靜悠然的梧桐路上，攀爬在蒼老斑駁老屋上的藤蔓的姿態，老屋或是西班牙、或是英式、或是法式風情，都在訴說著它們自己的過去，你如不好好的晃蕩它一個下午，是無法領略它們心底的呢喃。

於是，歷史於我成了不重要亦不必要的包袱，我只是一個過渡的旅人，中邪一樣的看著那些或紅或白或赭黃的房子，目不轉睛的透過眼睛將它們攝入心底，然後和初來乍到的友人一樣陌生的甚或發現什麼的一起說，「喔，原來這棟房子現在叫做中國工藝美術館啊。」友人不會強求我什麼都要知道的告訴他們建築物的來歷，他們只希望我能悠悠的帶他們好好走一遭這條既寬又深，似乎與世隔絕的梧桐路就好。

但是，尋求美麗的記憶就得付出代價，只遊走一小塊區域的法租界，就往往使得久坐辦公室的朋友們大呼吃不消，他們勸我說：「應該買輛腳踏車來騎，好好的把這塊地方都踩過。」其言甚是，我每次都希望自己能以運動之名，以一步一腳印的方式來研讀這塊市區裡的大花園，但是，那畢竟只是顯微鏡下的小小探視，要想暢快的、無負擔的將這幾條梧桐路走過，還是需要中國最庶民的交通工具來達到這個目的。

我向小吳借了腳踏車。自小在物質缺乏的農村長大，再經過到上海闖蕩十多年的艱苦生涯，已成為唯物現實主義者的小吳對我的行車技巧表示懷疑，在這懷疑的背後，是擔心我將她兩百五十塊錢的腳踏車摧毀在梧桐路上，再美妙的浪漫的情懷都不能說服她讓她冒這個把車借給我的風險，我只好改口說，我想去「農工商超市」買生活日用品。

我終於在路上了，一開始像瘋了一樣的飆行在馬路上，性格中的冒險因子讓我每次碰到有輪子的工具就想要得到速度的快感，後來發現，路上除了背著登山包、騎著新潮變速車的年輕人騎得比較快之外，沒有一位大嬸兒大叔像我一樣趕什麼急事的快騎。等我慢下速度來，我發現，在上海騎單車是有規律的，自有一套運行的方式，行人會將單車視為一種必須躲讓的交通工具，你不必懼怕像台北街頭突然閃出的路人將你撞倒，在轉彎的十字街頭，你可以不看紅綠燈一個輕巧的掉頭逆行而去，在一個範圍中完成了別人對你的不能輕忽，也達到了交通規則下某種程度的不受約束的自由。

我從梧桐稀疏的上海醫大路上穿過了肇嘉濱路，過了這條路，整個紛擾雜亂且令人頭暈目眩的徐家匯就完全失去了它商業怪獸的威力，上海人說的，肇嘉濱路分割出來的南北地塊，在價值上有著明顯的差異。在以北的靜謐的建國西路上出現了整排整排的高大梧桐，梧桐又名懸鈴子，在秋冬的時候，樹梢上結了許多毛毛黑球般的果子，就那麼懸掛在枝椏上，梧桐之所以成爲街道上排名第一的樹，乃是因爲此種樹不生蟲，且夏季葉片寬大濃密，足以遮蔽驕陽，冬季則葉片盡落，又足以讓冬陽照射下來。

在這塊梧桐蔽日的地塊上，我最愛追尋岳陽路，它並不特別美妙，但是它的盡頭有一處極容易辨識的「普希金塑像」，在桃江路與汾陽路之間成了一個三岔路的中間點。我還記得夜裡的這裡是多麼的安靜，那個氣溫只有五度的冬夜，我爲了不能決定自己未來的去向感到沮喪非常，在看不到去向而懷疑如何繼續兩人世界的關係的時候，就是在這裡，冬天的、冷寂的、陰暗的、幽蔽的triangle，人生的三岔路上，因緣際會的走到如此相似的地理位置，那時，上海的外灘我都沒來得及看，就停駐在這個不知名的地方。日後我問司機：「那個有著人頭雕像的地方叫什麼？」司機曰不知。

我如何知道那個昔日形成僵局、冷漠對峙時，連一個路人也沒有的地方，會在日後離我居住的地方如此之近，從而成了我終於客居上海後，回視以往記憶的紀念碑。

此刻的紀念碑前圍了一堆現場收音的麥克風，一個長相時髦但不美的女孩站在台階上，正在演一場拒絕腳前捧了一束花的中年男子的求愛，我煞了車，像其他人一樣一腳踏在紅磚道上，一腳踏在腳踏板上，那看起來庸俗的電視劇排演引不起我的興趣，我望著普希金身後的，跟所有由綠轉黃的梧桐葉都不同的楓香樹，她身上的每一枝細小葉片都轉成了暗紅色，在一群梧桐葉中，她的紅在風中搖擺招展，那片暗紅在普希金的頭上像一大塊深秋鋪陳而過。

然後我看到跟我一樣停下來，原本開得有些速度的出租車司機，三輪板車上水桶搭得老高的送水工人，下午休息吃飽出來看熱鬧、仍然穿著制服的餐廳女服務生，以及許多和我同樣沒什麼目標四處晃蕩、頭髮雜亂的男子女子，就這樣癡癡的看著男女演員一次次的排演，目不轉睛的、煞有介事的看著。

我在人群裡若無其事的觀察他們，他們是城市鄉野中的現場目擊者，所有發生的細節他們都知情，他們偶爾會發出一兩句喃喃的議論，必要的時刻，他們會做出描述佐證，更多的時候，他們就只是看，面無表情的，沒有什麼興奮或難過之情的默然的看著，現實生活中，他們很多時候扮的就是配角，眞要他們出場講詞的機會不多，看習慣了，也就是看吧。

單車繼續踩向汾陽路，再往前走是上海音樂學院，我心虛的瞄了門口的保安一眼，見他沒理我，我很順的騎進去，聽到練琴的聲音，一溜煙滑過布告欄，恭賀的大字講著哪些人獲得了義大利舉辦的音樂獎項，我左拐右拐的看到了一棟巨大老舊風情萬種的老房子，那迷人的風采讓你覺得它可不是外頭商業化的重新整修的新亮，它可是保持了某種程度的原汁原味，我不敢貿然進去，只知道它成了外賓餐廳。

「能不能進去用餐？」我抓了一個頭紮馬尾、額頭晶亮的學院裡的小姑娘問。

「可以的。」果然驕傲的小姑娘簡潔的回了我。

我鎖上了車，信步走進偌大的餐廳裡，空蕩蕩的屋裡沒人理我，我看著廊下掛著的鳥籠，籠裡的小鳥目不轉睛的盯著我這個陌生人，我無聊的看著屋外貼的音樂學院辦的講座海報，每星期都有名師講音樂，然後看看牆壁上的菜單，全都是便宜的上海簡餐，看來這間餐廳和外頭斥資整建、一道菜動不動要七八十塊的老房子餐廳不同，這費用或許是要照顧音樂學院的老師先生們。

一會兒，一個中年阿姨過來了，問我要做什麼，我說我想喝杯咖啡，有的，她說，是外頭賣的即溶式沖調咖啡，喔，那不要了，喝茶吧。我原想坐在這麼具有上海二〇年代歐洲風情的老房子廊下，來杯咖啡好好享受下午的光景，既然是如此，那麼換杯熱茶也是挺好的。熱茶端上來，卻是一個再普通不過的玻璃杯裡加著一些味道極淡的茶葉，這種茶應該在黃沙滾滾的茶棚裡喝即可，再看一下大廳裡年代久遠卻毫無變形之虞的柚木地板，卻被蒙在灰垢裡已久的樣子，已辨不出它原來的色澤，回想在保養極好的老房子餐廳中那同年代的拼花，發出時間的溫潤光澤地板，眼下眞不知是商業的好還是原汁原味的才是好。

勉強喝下熱茶，掉頭出來，騎向太原路，驚覺太原路上的老屋那樣濃密有致的形成一排風景，老屋大都保留了門前一大塊稀有的綠地，二樓的窗戶開著讓陽光灑進來，綠地上有一排白色的花架，上面有著黃色的捲曲的花，一個老先生手上別了一圈紅色的臂章，手裡握了個上海人常拿的水罐，裡頭有著茶葉加決明子泡的茶，坐在欄杆外的凳子上，那紅色臂章上寫著「保安」的字樣，在跟旁邊的男人說著上海話。

我走向老先生，問他裡面的老屋住了幾戶人家，他趕蒼蠅似的揮揮手說好幾戶哪。我說這房子賣不賣呢？他不耐煩的用上海話嘰哩呱啦講了一串，旁邊的男人告訴我，這房子是國家的，不能賣。那他們爲什麼可以住在裡面？「老紅軍呀！」老先生忍受不了我的糾纏的講了。國家當年配的，誰都不能賣，那男人說，不如你去問那戶人家裡的阿姨囉。

阿姨出來倒垃圾，我上前問她，這裡面有幾戶人家呢？那阿姨笑了笑，一間屋子一戶，我們這排有三戶人家呢！好了，終於死心了，看到裡面住著的老太太穿著黑色毛衣出來綠地上走著，安靜的、自成一個世界的走著，圍欄把我隔開了，要不是這個圍欄，我和她打招呼聊聊天不挺好。但是，就像她住的環境一樣，雖然周邊是大馬路，但是也像所有的上海人世界一樣，都是我所不能進入的地方。

轉入桃江路，靜謐的梧桐路上，到盡頭的時候出現三棟連成一氣的西班牙式老房子，磨礫的表牆上，有著尖頂的閣樓，門前還有一個個綠色的小信箱，油綠新穎的信箱，還放著一截在外頭的宣傳單，顯示裡頭的主人仍然在爲這間房子不停的尋找新的物件裝配著，更顯得這三間老房子的精巧，和梧桐路上爬滿藤蔓的垂老的房子們不同，它們的造型像童話裡的屋子，又有點像可口的咖啡蛋糕。

我看了好一會兒，看到對街的一個年輕男子也在用相機取景，我繼續腳踏踩板快速騎向衡山路，衡山路的一邊弄得氣氛有些商業化，而且太多大車超快的行駛在馬路上，但我還是喜歡「香樟花園」的外觀，明潔的玻璃大片的閃著天光，映著街旁的梧桐樹，煞是綽約，但是裡頭的氣氛和它的形象實在不符合，只能在人少的安靜下午，坐在餐廳裡破頂而出的香樟樹旁，稍微體會一下細碎的葉片在頭上灑落一片的金陽，倒是值得的。

正要進入衡山路，看到兩個體格壯碩，穿著淡藍色制服的交警，不知道爲什麼我好端端的心虛了一下，還想著口袋裡沒揣上一張影印的台胞證以茲證明。要證明什麼？我又沒違規。就在我穿過他們倆的時候，他們叫住我了，我幾乎以爲自己的第六感要靈驗了，我看著他們，一個交警職業化的用他曼妙優美的手勢指向我頭上那塊大牌子：腳踏車禁止進入。我睜著無辜而了解的眼睛掉轉車頭，飛也似的騎向烏魯木齊南路，想到老媽常在搞不清楚狀況的時候說的一句話：「眞是烏魯木齊。」好似在講我。

到上海，別只被璀璨的外灘燈火所吸引，或是一遊新而巨大的東方明珠，然後看看新天地裡遊走的紅男綠女就告終結，其實，深靜而寧謐的老房子們，都在梧桐路上等待人們到這兒來，聽聽它們用吳儂軟語講述梧桐心事。

可以擁有的

十里洋場裡你可以擁有的是什麼？金光燦爛的黃浦灘頭夜裡，又能擁有些什麼？在家鄉奮鬥了大半生，得到了名聲富貴之後，爲了下一代接棒以及征戰多年的老員工，在廣袤的上海重披戰甲，又能擁有些什麼？回視以往的一切，總在這些絢爛之後，低頭思想，可以擁有的……

新建造好的高聳大樓矗立在櫛比鱗次、擁擠不堪的市中心，與我們挨近的是幾棟六層樓的老舊公房，自成一區的在大樓的細縫中苟延殘喘的生存著。大晴天，家裡的年輕人都去上班了，趁著陽光好的日子，老人家把洗好的衣服一件件掛在窗外朝陽的長竹竿上，那竹竿掛在從窗口延伸出去的四方形鐵架上，和窗子成直角直剎剎橫在空中，各色式樣的家居內衣外衣，就這樣大剌剌的展示在左鄰右舍的眼前。與她相同動作的是樓下的一個老太，搬出一床棉被掛在窗台上，鋪陳好了，她且不走，穿著羊毛衫外加一件舊背心的她，沐浴在數天陰雨綿綿後的奢侈陽光中，端詳著六斤重的棉花胎被，這裡翻翻那裡弄弄地順道享受春陽。

從陰暗未乾的濕漉漉巷子走出來的小姐，一頭順暢烏亮長髮，穿著合身的外套和長褲，足蹬高跟鞋，提著流行的包從小區大門走出來，一逕的抬頭挺胸搖曳著高跟鞋走出來的娉婷。在街上，誰知道她的住家會是怎樣的窄小？她沒時間回首，她只是朝著她的路徑往前走，要不然，城市的風景與快速變動就這麼一溜煙的把她甩在後頭了。

穿著整套冬季鋪棉睡衣的中年女人，臉上化了很不合她穿著的妝，腳下穿的也是擦得黑亮的高跟皮鞋，就這麼一頭鑽進溫州人開的平價美容院裡洗頭。小店做起頭髮來雖然沒有外頭沙龍裡的式樣新穎，但是「實惠」，人家動不動洗個頭要五六十塊錢的，他們只要一二十塊還兼帶純按摩，從頭皮按到眉間再到耳朵，肩膀、脖子到頭頂一樣也沒漏，然後要客人趴在鏡子前的台子上，好好的將你的背壓一壓。他們來上海已經十幾年了，對於老是有上海女人將睡衣穿上街的習慣已經視若無睹了，雖然他們總要和好奇的外地人解釋，「可能是方便吧！」「可能是怕把外出的衣服穿髒了。」「可能表示家裡有錢才會穿漂亮睡衣出來吧。」許多的可能，卻可能都是、也都不是眞的答案，只能說：「各地有各地的習慣吧。」

面向老街道的店面裡有個新疆人開的飯館，裡頭的新疆老闆娘老是紮個傳統的頭巾包住頭髮，講話輕聲細語再加上她的新疆口音，常讓客人不知所云，但是一番脣形比對之後，客人還是能點到他要的菜式，生意挺好，羊肉處理得滑嫩又不帶騷氣，一碗新疆乾辣拌麵炒得香氣迎人滋味絕佳。店裡兩個男孩是她的孩子，明顯的輪廓以及淡褐色的頭髮，講著一口新疆話，無論星期幾或是白天夜裡，都能看到他倆，兩人都不上學，在狹窄的店裡數銅錙看電視。

矮舊的公房旁，是剛建好的高檔住家大樓，還有些正在建的工地樓房間或在其中。接鄰的大樓，是一般上海市民買不起的高價位大樓，一位上海人說：「以前這裡都是稻田呢。」稻田已遠，倒是水泥鋪好的人行道上來來往往盡是川流不息的腳踏車，行人得小心走在右側，不能像走在一般的人行道上從容，否則一個不留神，無聲息的腳踏車就從你身邊撞上。走在老舊的公房下，抬頭一看，各家人的鮮紅胸罩到黑色的內褲，就在行人的頭上晃蕩著。

這是半新不舊的上海，在世代交迭的關鍵時刻裡，還有機會看到的景象，像許多上海人說的，一切不符合都市形象的萎然東西都必須除去，老舊的公房、歪斜且尚未拓寬的馬路，他們說，「總是要拆遷擴大的。」理所當然的，無一絲難捨懷念的感情摻和其中。職場上衝鋒陷陣的上海年輕女性告訴我，上海的腳步太快了，跟不上的人只有被時代甩掉，所以，老舊的東西，就必須淘汰。

在老舊的背後是一幢幢簇新的大樓屹立著，從台北來的建築公司老闆，年齡已過花甲，走過了台北的繁榮經濟建設期，擁有了該有的事業與財富，兒女成群有爲，爲了公司裡的老幹部們的前景和期待，重披戰袍再出發。住在北外灘旁的他，在上海最大的快樂，就是在夏天的黃昏時刻，像上海阿叔一樣，也像台灣所有在鄉下穿著一件汗衫的歐吉桑一樣，跨上腳踏車，騎在兩邊開著雜貨店和蓋得潦草歪斜的理髮店的小路上，悠悠然然的回味「古早」時代在宜蘭老家的生活，只不過彼時他只是個懵懂少年，旁邊有的盡是綠色稻田，遙目而望的是遠處太平洋上的龜山島，靜謐不語的大海龜像座標一般的泅泳上心頭，而眼前的卻是日漸繁華的黃浦江岸，時光錯落的交會在這個開滿奇花異草、中西薈萃的上海，一切都像十五歲時的姿態般停格在老去的臉上。

失去的總叫人回味唏嘘嘆息追憶，未曾體驗過的要將這些老舊烏髒不合時宜的東西快快揚棄，體會過的總想在有機會的時候抓住這些微小的氣味和事物，再嘗一次失而復得的擁有感覺。

他們去追尋更早以前屬於他們的記憶，夜晚透著綠色微光的屋頂的和平飯店，已經成了一個記憶的象徵，人們一走進去，就像打開記憶的寶盒，盒子裡珠光璀璨的展示以往的青春年華，爵士樂在幾個老人的彈奏吹打之下徐徐傾入耳中，一群歐洲來的老先生老太太漾著孩子般的笑，一對對隨著音樂在舞池中忽而布魯斯忽而吉魯巴的跳著，那是他們的青春歲月，女孩穿著洋裝男孩穿著襯衫打領帶，高中畢業舞會的歌曲讓他們蛻下了現在的老邁，和平飯店的夜晚魔力把他們裝扮成那時的笑聲和不老的舞姿。

給waiter二十塊，老爵士樂團會幫台灣的老媽媽奏一首想聽的歌。和平飯店，當年曾經是蔣中正和宋美齡結婚的地方，就在他們再也回不來的和平飯店，老媽媽快活的坐在這裡遙想年輕的日子，確切的知道，世事難料，當年最有能力擁有的人遠走天涯客死異鄉，那時候最沒有能力擁有的普通人，卻可以怡然的坐在這裡，享受當年嚮往的一刻。

懼怕瞬間被時代的潮流捲向深不可測的大海裡的人，誰會回頭往後看？在急於拋棄所有不合時宜的一切之時，往後看，成了一種倒退和錯誤。

「那些來不及往前跟進的人呢？」我問新時代的女性。

「那就被時代拋掉啊，不值一顧。」她說，其堅決果斷於一切之上。

總有些人不那麼的現實吧。總有人知道過去的某些老東西還是可以擁有的，可以貼近生活，可以珍而惜之，可以嗅出它昔日的氣味。像一套祖母時代穿的華服，縱使衣料上的珍珠光澤不在，但那柔軟清逸依然可以依稀辨知往日風華吧。

在上海醫科大學的體育館裡，曼妙的華爾滋樂音悠悠響起，時而一個滑溜的音符揚起，時而是一個沉重的頓挫下音，下午的陽光從框著木邊的陳舊窗戶射進陰暗的體育館，暈黃的光線打在地板上正好給了原本空曠的體育館增添了些溫暖，也使得偌大的空間在明暗對比的光線中產生了層次感。一群少年男女排成一排觀看一對中年男女跳華爾滋，一排十幾歲的青少年，女孩子們留著長長的頭髮，稚氣未脫穿著黑色的上衣，下身是一襲鮮紅色過膝的薄紗舞裙，一雙略有跟頭的舞鞋，男孩子則都穿襯衫，頭髮整齊的梳向腦後，他們都帶有一絲上海青少年的有些無聊的、有些乖巧的、稍微不那麼專心卻又被悉心呵護下的一些自我。

一旁指導的是一個神清氣爽、外形瘦高的中年男子，源於舞者的身分與長久以來的訓練，他的站立姿勢昂揚，舞者的頭部像和肩膀分離般，長長的立在肩膀上，背部挺直肩膀後傾，雙腳靈巧輕快，他穿著一件潔白漿熨過的襯衫，外罩一件前排開扣的背心，頭髮抹了油且梳得整齊的貼在頭上，示範的姿勢明快且流暢，像一隻輕巧漂亮的公羚羊在地板上旋轉摩擦滑行，他不時數著拍子：「快快快！slow，快快快！slow。」slow的「漏」歐歐歐拖得老長……不像老師般的嚴肅要求，卻像是個重新找到場地的老練的舞者，滿意在自己的快樂中。

場中央的是一對中年男女，兩人貼近的跳著華爾滋，在輕揚的樂音裡兩個人如影隨形的在地板上滑動，變換著身體的弧度，一陣急風似的樂音過去如雨般的下沉墜落，兩人的頭隨著變換方向，莊重與拿捏皆有其姿態。女人的頭髮蓬鬆鬈曲，臉上的妝服貼的揚在面上，貼身的紅色上衣掩不住稍微發福的身型，下邊黑色長及腳踝的裙下露出一雙金閃閃的高跟舞鞋，鞋子隨著腳踝左右扭動，裙襬跟著音樂一地蜿蜒的繞過整個場地，那是二〇年代的上海，男人神氣得像隻鶴般的在舞池裡帶著軟腰女人滑行擺pose，女人身上誇飾的五顏六色潑灑亮染整個年代。

在春天即將來臨的破落的有著斜光照耀的體育館，些微潮濕的春天空氣中，原來空蕩蕩的體育館被音樂及舞步充斥得極爲飽和，我彷彿看到二〇年代的空氣飄浮在二十一世紀裡的殘殤的顏色。鏡頭拉遠，場景慢慢換下，我又看到年少時在台大體育館參加的舞會的氣味，音樂聲音和舊舊的體育館和黃昏辰光的色調混合出來的時日，青春帶著樟腦味從記憶的木箱中翻找出來，連舞伴是誰都分不清的燈光閃爍下，重重的貝斯聲把舞步遮蓋得聽不見，沒有言語也沒有交流的一刻，同樣瑣碎支離不清拼湊著，時間可以揮霍無度，累了可以隨亂癱倒的二十歲。

上海是記憶的城市，在攤開於陽光下的被褥上可以聞到兒時的陽光味，當各色內衣褲在頭上晃蕩的時候，可以回想在晾曬衣服的竹竿間捉迷藏的童年；在優閒的街上，可以回溯騎著鐵馬沒什麼目的街上亂晃的年代；至於那些繁複華麗更古舊的時光，也能在星光燦爛的上海找到她的原型。各色人等各種時光並存的混雜時代，在這看得見的城市裡，有許多你可以在一剎那撞見、那些看不見卻可以在此時擁有的東西。

小吳喜歡問我一些奇怪的問題，於她而言卻是大哉問，例如：「太太，你們從台灣來應該要帶什麼證件吧。」或是：「有人說我們到台灣可以游水過去。」台灣人是她在上海很少或者說沒有機會接觸的族群，對這些憑空在上海冒出來的一堆人，並且多到她有機會可以日日接觸，實在有必要問問。

終於有一天她鄭重的告訴我：

「我先生在大賣場當保安，他說也不是所有的台灣人都有錢，常常有一個台灣的中年人，在市場買了菜會跟我先生聊天，他住的地方就跟我們住的差不多，都是矮矮的平房，一間屋子小小的，一個月只要三百塊人民幣，很慘的。」

是有的，是有的，我承認的點點頭。台灣人在上海已經多達幾十萬人，誰能保證個個都一帆風順呢？所以小吳這麼說，我也不能辯駁些什麼。風水輪流轉，十年河東十年河西，大陸人或許漸漸的因爲生活條件的改善對台灣不再憧憬，但台灣人這幾年可是積極西進。台灣人的金色光芒，隨著前仆後繼的或成功或摔倒的腳步，正在大陸漸次的褪色。

惠玲是我的好朋友，她家附近住了個老台流，來上海十年了，剛開始大家並不相熟，因著老前輩在上海闖蕩多年的關係，彼此之間互通有無相互請益一下。

沒過幾天，老台流就帶了穿得紅辣辣一身、指甲上蔻丹不嫌少、形似小艷秋的中年發福太太，以及三個穿著顏色鮮麗且綴滿花邊很菜市場款式的本地衣服的女兒，一家人按了電鈴熱鬧滾滾的來拜訪了。

老台流坐在剛裝潢好的古典雅致的客廳裡，一邊點頭表示欣賞贊同的打量著所費不貲的樓中樓，三名細瘦身高如同樓梯排列的女兒已經猴般的跟在惠玲女兒身旁，眼冒精光的爭相打量一抽屜色彩斑斕的芭比，惠玲忙著讓阿姨倒茶水招呼著，老台流說：

「有請阿姨喔！難怪家裡這麼乾淨。」

一陣客套寒暄東拉西扯混亂之後的平靜，老台流準備講述在上海生存的不二法則，他時不時推了推鼻梁上的眼鏡，一臉老謀深算的表情，他清清喉嚨，呷了一口茶，吞下那口茶的時候，眼睛並且鄭重的閉起來品一下，睜開眼說：

「講起在上海做歹誌，那就是人情關說外加紅包絕對不可少。」

他定睛看著惠玲夫婦，小艷秋圓圓的臉在旁邊表示肯定的點頭。一對夫婦天造地設的莊重模樣像講評彈的男女，只差手上的三弦和琵琶。在期許的眼神下，他鄭重的發表十年來的血淚經驗：

「大陸人都說我們台胞是台巴子，那就是呆的意思，其實不是呆啦！是直啦！想到什麼就說什麼，也不知道這裡的商場和官場文化，要了解到人家做生意做官的關係，不是我們給了錢他們就會拿的喔！明目張膽的誰敢拿，人家好不容易才做官沒多久就爲你這點小錢眞的做『關』囉！」

「給錢要有方法，必須找關係人給，找不對人就是花冤枉錢，找對人了才有商量的餘地，給了錢還不一定馬上有答案，還要有耐心保持聯絡，要等時機到，如果你錢一給他就急忙把生意做給你，那明眼人不是一看就知道了嗎？所以還要有耐心去等消息。」

一席繞口令的話聽得人似懂非懂，聽起來好似老生常談，他講起來又煞有介事的不能參透。小艷秋已經迫不及待的爲大家詳加解說：

「上次來上海的陳仔就是不知道這個道理，被人家拒絕了好多次還搞不清楚狀況，後來了解了，又想把錢塞到關係人的口袋裡，看起來每個都好像有關係，送到最後冤枉錢倒是開了不少。」

老台流穩穩當當的坐在沙發上，滿意於老婆完好的注解，他微微抬起頭，額頭上橫線般的三條皺紋，在相書上就是代表外地漂泊的命運，鼻子旁邊兩條深刻的法令紋，刻畫了多少滄桑的十年經驗，好像在說：「那眞不是你們這些剛到的人可以體會的，而這番話也是花了多少的代價才得來的，你們能夠不花一毛錢的聽到，眞是千金難買寸光陰啊。」

惠玲聽得霧裡看花的少了慧根的難以領悟，看老公也微微沉吟的不知如何接話，源於初到上海的陌生心情，老公還是把該問的都盡量問：

「我是想要買塊地蓋工廠，但是他們這裡的規定好像滿多的。」

「買地？」老台流的抬頭紋在頭上揚得老高。

「那麼你問我就問對了，我之前在昆山投資設廠，做的是包裝機械。我要朋友幫你問問看倒是沒問題。」老台流看到商機般興高采烈地就只差拍胸脯保證了。

「人脈就是那麼重要，我之前在昆山認識了很多台灣朋友，有一個跟市委很熟，你看，這樣就省去多少時間了。」老台流不愧身爲前輩的提供了這麼寶貴的訊息。

一句話讓大家夥聽了都各得其所的笑開了。

三仙女卻沒一會工夫就和女兒在一旁吵起來了，看看原來是女兒不願意三仙女任意改芭比的造型在爭吵，惠玲正輕聲斥責女兒來者是客，不能那麼小氣，小艷秋就已經踏著歡欣的步伐走到女兒旁邊了，她毫不掩飾熱情的說：

「你看你女兒的耳朵生得這麼好，耳垂又厚又大，這就是好命呢，生得這麼漂亮，父母又這麼疼，以後不知道有多少人要追。能追到她喔，眞是可以少奮鬥三十年喔。」

小艷秋邊講邊看著惠玲，又環繞一下美麗的新屋，瞄一瞄開放式的歐洲式廚房，突然天外飛來一筆的說：

「ㄟ，你們都用什麼牌子的洗碗精，我說大陸的洗碗精都不合衛生標準，碗盤洗了以後都會殘留化學藥劑，吃了對身體不好啦，尤其小孩子正在發育，太早受害以後影響就大了，我都用安麗的，台灣人應該都知道安麗，安全又有保障，我現在買可以打八折，因爲我已經入會了，還有，中年人要保健身體，促進新陳代謝，吃它的保養品或是維他命也很好……」

惠玲一時之間覺得時光倒流回一二十年前的台灣，身旁的親戚朋友突然都成爲直銷的會員，久未聯絡的總是因爲直銷而突然熱絡起來，原來相熟的會哈啦兩下就不自覺的講到直銷，不買不買沒關係，總是有辦不完的研討會在南京東路或敦化南路，野火般的蔓延燃燒著，會上總是有振臂高呼熱情不下競選總部的呼喊：衝向目標，翡翠級啊，藍鑽級啊。

這會兒，怎麼也在上海。

「哪！」小艷秋一隻塗滿蔻丹的手指頭一勾勾向惠玲失神發呆的眼前，把惠玲九天外的魂一起勾了回來：「你臉上的膚色那麼黃，如果沒化妝人家會怎麼看你，黃臉婆嘛，你應該用它的美白產品，每天只要一點點，就可以淡化斑點。」小艷秋端坐沙發，兩手權威的交握在紅辣辣的裙上，一雙眼睛精準的盯著黃臉婆，像極了來大陸美容生意做得紅火的台灣女企業家。

當晚，因爲客氣與禮貌與盛情難卻加他鄉遇故知，一家子在惠玲家用了一頓豐盛的晚餐，老公開了半打青島啤酒和老台流稱兄道弟，仙女們把惠玲從台灣帶來的台東櫻花蝦乾和日本的小羊羹狂掃殆盡，小艷秋捨身爲友很夠義氣的在空碗上抹了一把後，就義無反顧的吃下惠玲盛上的飯，惠玲也很識大體的預購了一筒洗碗精加美白精華素加高蛋白營養素。晚上十點，一家人酒足飯飽連連讚好，滿意的揮手離去。

原以爲這樣的餐敘應該足以支付老台流提供的寶貴經驗，一天，電鈴聲響起，老台流和惠玲打了招呼，就進到書房裡和老公關起門來研討什麼要事，機密得很。過了一個小時，老台流煞是禮貌的走了，問起老公：

「借了六千塊，說是朋友跟他借錢，他不好跟他要，所以先來周轉。」

惠玲剛開始沒想多說什麼，出門在外總是有難處的，直到一天老公帶她和孩子一起去昆山拜訪老台流介紹的朋友，不由得懷疑起老台流的眞實情況。

那天下著滂沱大雨，夫婦倆看完了昆山淀山湖附近的房子和環境，在老台流上海電話的連線下，他們和老台流那位與「市委」相熟的朋友約好了在市中心的餐廳見面。

夏天的驟雨下得人一身濕淋淋的，馬路旁的出租車疾駛開過都能澆出一街的水花，一家人趕緊到餐廳裡赴宴，才剛進到包廂裡，惠玲的鼻子登時嗅得香水與脂粉味襲人，耳朵裡傳來鶯聲燕語吱喳不絕，感官告訴大腦自己是不是走錯房間了，待她定睛一看，牛鬼蛇神似的台灣老鄉們身旁都坐了個年輕艷麗的小蜜。

惠玲心裡嘀咕了起來，只是好歹以前也跟著老公跑過幾次生意，臉上還是不動聲色的落座了，女兒倒是睜著一對好奇的雙眼看著眼前陌生的男女們。大家客套過了準備叫菜，一個中年禿頭的矮胖男人的手機響了：「好，你現在在火車站是嗎，我現在就去接你，你等一下，很快就到了。」打了個招呼就急急的提了包走出餐廳了。

與市委相熟的台灣朋友是個矮小細瘦，神情有些猥瑣的人，儘管看得出來出門前稍微修飾過的，頭髮上了髮水，領帶鄭重的結在衣領上，皮夾、手機樣樣不少，但就是體面不起來，人的氣質繫於生活的淬鍊和精神順遂與否，生活康泰之人即便穿著布衣短褲都能顯得裕然，不足之人即便錦衣在身亦覺寒傖彆扭。

「啊，今天剛好是七夕，也就是中國的情人節，你看牛郎織女一年見一次面高興得都哭了，還哭得那麼厲害，不過我們今天倒是不用哭啦，應該要慶祝一下，來來來，情人節快樂。」

熟市委朋友領著一桌子牛鬼蛇神與鶯鶯燕燕舉杯慶祝，一口氣飲下一杯酒，大夥兒也舉杯同歡，小蜜們個個抬頭挺胸，神情自若的應付一桌的酒菜和場面，反而是老鄉們又是夾菜又是布酒的體貼備至，把一干小蜜捧在手上呵護得緊。

酒肉間惠玲也懶得聽他們胡言亂語些什麼，看著窗外重重的雨，不知來上海到底是對是錯，在台灣打拚了二三十年，家業廠房土地都有了，要退休是絕無問題的，只為了家族企業裡兄弟們年紀還輕，做大哥的老公總是不能眼睁睁的提早退休，只好老將親征，來上海重新操起幾十年前創業打拚的舊業，面對的卻是這麼陌生的市場和跟這些有機會就吃喝，吃喝完不知道有沒有明天的，看起來不怎麼樣的台流們應酬。

想著想著，剛才有急事跑出去的矮胖男人帶著一個小蜜進來了，還沒落座，小蜜就一疊聲的念個沒完：「誰讓你不回來接我，下這麼大雨讓我在火車站等，看，鞋子都濕透了。」化了妝的臉上滿滿的嬌氣與不滿，另隻手透著不耐的將一頭染了金黃色的頭髮一把往腦後甩。矮胖男人忙不迭的幫她布菜，拿張衛生紙幫她擦著被雨打濕的肩膀和頭髮，嘴裡勸著：「下次不會再這樣了，會等你好了再一起出門。」

惠玲想到他在台灣的家庭，會不會有個台灣糟糠想幫他擦個肩頭他都會不耐的叫著：「免啦，免啦。」這下倒好，隔個海峽過來不是被服侍，而是服侍別人，看樣子好像還挺樂在其中的。

「犯賤！」惠玲心裡暗罵一聲。

那天昆山實際的情況沒了解太多，倒是對牛鬼蛇神們在昆山混得如何清楚了不少。老台流偶爾來家裡幾下子，也都是來去匆匆，差不多都是來周轉的，前後借了他兩萬多塊，有還，又再借，不知道為什麼老是缺錢。然後知道他曾經投資過礦泉水、紡織、包裝機械，做過房產，前陣子做安利，現在好像又換了新的行當，剛開始老是興頭頭的，沒兩下又想換了。

經過兩年的籌備，惠玲老公找到了土地，也要蓋廠房了，沉寂了一陣子的老台流又上門了，此時老台流也不再虛張聲勢故作神祕，看看惠玲老公這裡能不能因為設廠而謀個一官半職也好。

老公含蓄地問起他為什麼不回台灣，他說：

「一方面和家裡的兄弟意見不合，另一方面是，既然都出來這麼久，小孩子回去不熟也不適應了，不如待在上海，看看有什麼機會比較實在。」

其實老台流自己也曉得老公是不會用他的，卻還是得來試試看，就像他明白在上海要成就什麼怕是不太可能了，但是他還是要留在上海，看看能不能有什麼發展。惠玲看著他說完低頭沉默不語的乾瘦臉頰，額上那三條皺紋又習慣性的微微皺起，那相書上說的話，彷彿印證了老台流漂泊在外且辛勞十年的故事。

後記

二〇〇二年冬季，正好讓我趕上了上海久違的寒冬，好幾天持續在零度以下的最低溫。二〇〇三年春末夏初，從未聽聞的SARS病毒在中國蔓延。集體憂鬱症橫掃上海。二〇〇三年夏季，我正逢其時的在三十九．八度的上海歷史高溫中行走。

在上海的一年裡，我搬了四次家，跟十個以上的人拌嘴爭論。在環境天候與個人經歷都在破紀錄的同時，台灣的俗語不時的在我腦子裡響起：「歹年冬，厚猶人。」我回頭看看，講的彷彿就是我和上海呢！

回視在上海生活的日子，我不得不承認，上海就像許多回到自己國家的外國朋友所說的：「在上海的時候一直抱怨上海，離開以後卻老想著上海。」爲什麼呢？爲的就是她在現代和過去之間所留下的種種矛盾，表現出來的卻永遠亮麗如新，給人們許多想像空間，彷彿生活裡仍然會有不斷的驚奇出現。

就像原先世故驕矜的上海人，一但讓人親近了，你會不由自主的佩服他們的聰明精敏和伶牙俐齒，然後你不得不承認，跟他們聊天是一件很愉快的事情，他們反應快又幽默，時而尖酸時而說漂亮的話，就算有些誇大不符讓你知道了，他們也是一笑置之；有時候你在某方面受到挫折困頓了，他們之中，也有眞心相助的人。只要彼此脫下驕矜的外衣，上海人還是願意維持並展現他資深優雅風格的一面。

他們的這種城市特質能夠讓他們保持在商業上的野心，並且得以帶領中國經濟，在掀起的浪頭上堅持不墜，上海是不等人的，在瞬息萬變與時間賽跑的轉變裡，我期待看到上海還有何等精采的風貌呈現。

POINT 11

台媽在上海

作　　者	譚玉芝
總 編 輯	初安民
責任編輯	陳思妤
美術編輯	許秋山　劉亭麟
校　　對	吳美滿　陳思妤　譚玉芝
發 行 人	張書銘
出　　版	INK印刻出版有限公司 台北縣中和市中正路800號13樓之3 電話：02-22281626 傳真：02-22281598 e-mail:ink.book@msa.hinet.net
法律顧問	漢全國際法律事務所 林春金律師
總 經 銷	成陽出版股份有限公司 訂購電話：03-3589000 訂購傳真：03-3581688 http://www.sudu.cc
郵政劃撥	19000691　成陽出版股份有限公司
印　　刷	海王印刷事業股份有限公司
出版日期	2004年 9 月　初版

ISBN 986-7420-18-7

定價　200元

Copyright © 2004 by Yu-chi Tan
Published by INK Publishing Co., Ltd.
All Rights Reserved
Printed in Taiwan

國家圖書館出版品預行編目資料

台媽在上海／譚玉芝著.
- - 初版，- - 台北縣中和市：INK印刻，
2004〔民93〕面；　公分（point；11）

ISBN　986-7420-18-7（平裝）

855　　　93015107

版權所有・翻印必究
本書如有破損、缺頁或裝訂錯誤，請寄回本社更換

K INK INK INK INK INK INK IN
NK INK INK INK INK INK INK I
K INK INK INK INK INK INK IN
NK INK INK INK INK INK INK I
K INK INK INK INK INK INK IN
NK INK INK INK INK INK INK I
K INK INK INK INK INK INK IN
NK INK INK INK INK INK INK I
K INK INK INK INK INK INK IN
NK INK INK INK INK INK INK I
K INK INK INK INK INK INK IN
NK INK INK INK INK INK INK I
K INK INK INK INK INK INK IN
NK INK INK INK INK INK INK I
K INK INK INK INK INK INK IN
NK INK INK INK INK INK INK I
K INK INK INK INK INK INK IN
NK INK INK INK INK INK INK I
K INK INK INK INK INK INK IN
NK INK INK INK INK INK INK I
K INK INK INK INK INK INK IN
NK INK INK INK INK INK INK I
K INK INK INK INK INK INK IN
NK INK INK INK INK INK INK I
K INK INK INK INK INK INK IN
NK INK INK INK INK INK INK I
K INK INK INK INK INK INK IN
NK INK INK INK INK INK INK I